SANDRA CARDONA • CÉDRIC MAYEN

WITCH CLUB

astronave

Gracias a quienes habéis participado en mayor o menor medida en la creación de este libro: a mi grupo del taller L'Encre Sympathique, a mi comunidad de Twitch, a Valérie y Elise de Dargaud, a Téo, Lucy y Jamie por el apoyo moral.
Un recuerdo especial por Schmeow, mi compañero felino que ronroneaba como un demonio sobre mis rodillas mientras escribía esta historia.
Y, por supuesto, mil gracias a Sandra por los grandes momentos de complicidad que hemos compartido. Era bó, bruixita!

Cédric Mayen

Gracias a Valérie y a Yves por haber apostado por esta aventura y haberla hecho realidad.
A Cédric por sus enseñanzas: hemos creado una historia que me ha otorgado el poder de confiar más en mí y el de aprender a relajarme de vez en cuando… ¡Eso sí que es magia!
Un agradecimiento especial a Téo por ser mi mayor apoyo día tras día.

Sandra Cardona

Astronave es un sello de Norma Editorial

WITCH CLUB, de Cédric Mayen y Sandra Cardona
Título original: *Witch Club*
Primera edición: mayo de 2024

Editorial Astronave
Passeig de Sant Joan, 7 – 08010 Barcelona
Tel.: 93 303 68 20 – Fax: 93 303 68 31
info@editorialastronave.com

Traducción: Carmen Arnaldos
Rotulación: Rocío Vargas

ISBN: 978-84-679-6911-5
Depósito legal: B 4340-2024
Impreso en España.

Facebook: **EditorialAstronave**
Instagram: **@EditorialAstronave**
www.EditorialAstronave.com

Servicio de venta por correo: Tel.: 932 448 125
correo@editorialastronave.com - www.editorialastronave.com/correo

¿NO LO ENTENDÉIS?
¡ES UN HECHIZO REVOLUCIONARIO QUE LLEVARÁ LA MAGIA A UNA NUEVA ERA!
NO, HERMANA, RECONOZCO QUE NO LO ENTIENDO. TÚ MISMA ESTABLECISTE NUESTRAS REGLAS, ¿PRETENDES DEROGARLAS CON NUESTRO BENEPLÁCITO?
¡ES UNA VERGÜENZA QUE LA DECANA DEL AQUELARRE JUEGUE A SER APRENDIZ DE BRUJA!
¿QUIERES HACERLO PARA GANAR PRESTIGIO...
... O PARA ENGORDAR TU EGO?
LAS LEYES DE LA NATURALEZA SON INMUTABLES. NINGUNA CREACIÓN MÁGICA ES GRATUITA. TODO TIENE UN PRECIO.
¡UN PRECIO QUE ESTOY DISPUESTA A PAGAR!
PERO NOSOTRAS NO. YO ME OPONGO.
¡Y YO!
¡YO IGUAL!

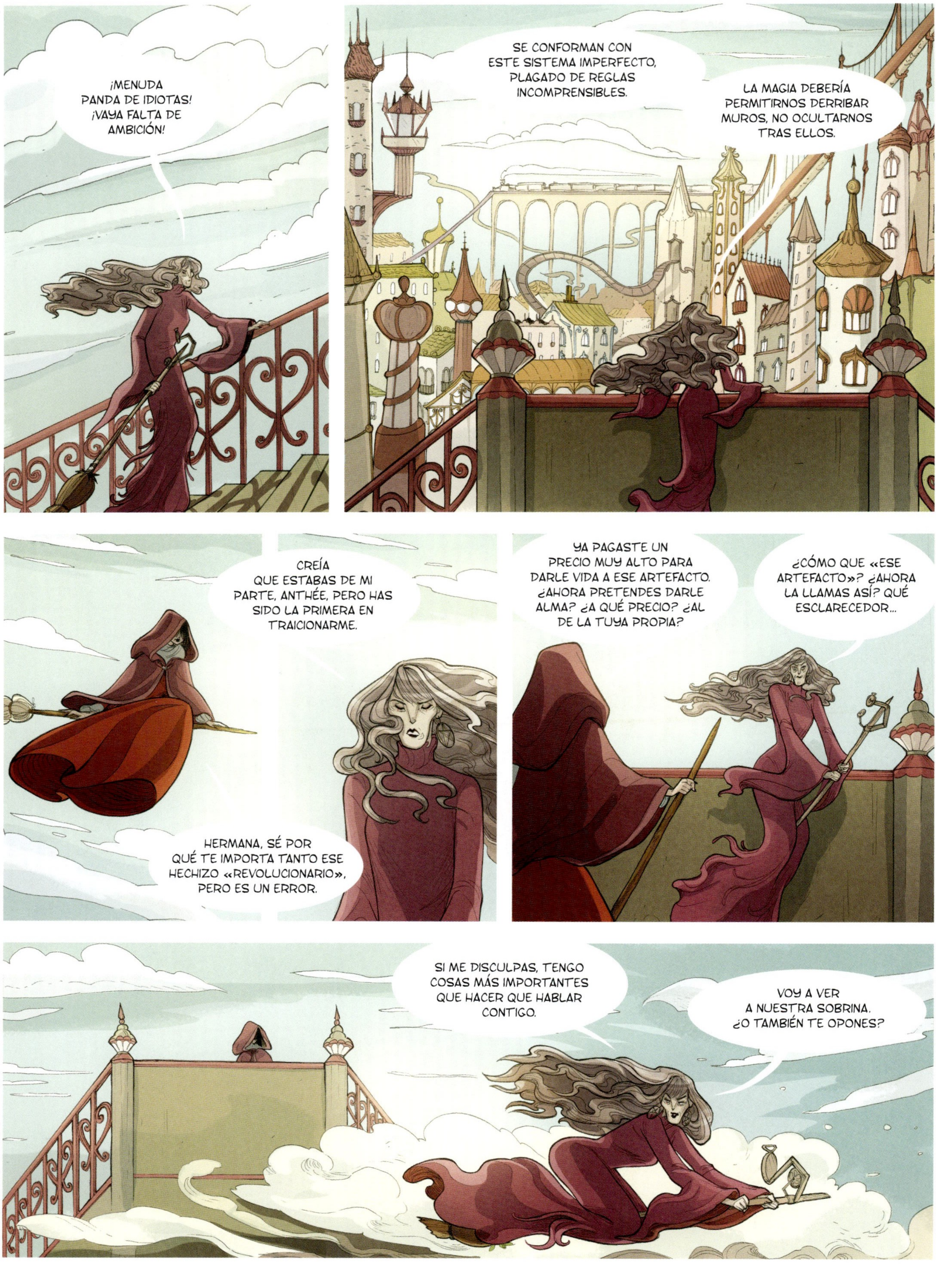
¡MENUDA PANDA DE IDIOTAS! ¡VAYA FALTA DE AMBICIÓN!
SE CONFORMAN CON ESTE SISTEMA IMPERFECTO, PLAGADO DE REGLAS INCOMPRENSIBLES.
LA MAGIA DEBERÍA PERMITIRNOS DERRIBAR MUROS, NO OCULTARNOS TRAS ELLOS.
CREÍA QUE ESTABAS DE MI PARTE, ANTHÉE, PERO HAS SIDO LA PRIMERA EN TRAICIONARME.
HERMANA, SÉ POR QUÉ TE IMPORTA TANTO ESE HECHIZO «REVOLUCIONARIO», PERO ES UN ERROR.
YA PAGASTE UN PRECIO MUY ALTO PARA DARLE VIDA A ESE ARTEFACTO. ¿AHORA PRETENDES DARLE ALMA? ¿A QUÉ PRECIO? ¿AL DE LA TUYA PROPIA?
¿CÓMO QUE «ESE ARTEFACTO»? ¿AHORA LA LLAMAS ASÍ? QUÉ ESCLARECEDOR...
SI ME DISCULPAS, TENGO COSAS MÁS IMPORTANTES QUE HACER QUE HABLAR CONTIGO.
VOY A VER A NUESTRA SOBRINA. ¿O TAMBIÉN TE OPONES?

Sala de DEMONOLOGÍA
¿QUÉ HAS SACADO?
LA MEDIA RASPADA. ¡PERO, POR SUERTE, ME MANTENGO EN LA CLASIFICACIÓN!
ES LA SIN MAGIA.
¿POR QUÉ SIGUE VINIENDO A CLASE? ¡ES UNA NEGADA!
NORAH, ¿PODEMOS HABLAR?
¡ES ELLA! ¡ES LA BRUIXA!
¡LA BRUIXA!
¡TITA! CÓMO ME ALEGRO DE VERTE.

¿QUÉ PASA, TÍA? TE NOTO PENSATIVA...
¿NO TE MOLESTA LO QUE PIENSEN DE TI?
UN POCO... PERO TÚ SIEMPRE DICES QUE A BASE DE ESFUERZO ACABARÉ PRENDIENDO MI CHISPA MÁGICA.
Y LUEGO PODRÉ AYUDAR A QUIENES LES CUESTA, COMO A MÍ.
OJALÁ SEA ASÍ, PEQUEÑA MÍA. TIENES BUEN CORAZÓN.
¿NO QUERÍAS CONTARME ALGO?
TENGO QUE LLEVAR A CABO UNAS INVESTIGACIONES QUE ME MANTENDRÁN ALEJADA DEL MUNDO UN TIEMPO. SI ME OCURRE...
BUENO, SI QUIERES PASARTE POR LA MANSIÓN, NECESITARÁS ESTA LLAVE.
¡IRÉ EN SAMHAIN PARA QUE COMAMOS TARTA DE CALABAZA! COMO CUANDO ERA PEQUEÑA.
ME HARÍA MUCHA ILUSIÓN, NORAH.

MÁS TARDE, EN EL BOSQUE ENCANTADO, EN UNA NOCHE PROPICIA PARA MALEFICIOS.
APENAS QUEDAN UNAS HORAS PARA QUE ACABE LA LUNA LLENA.
LÁGRIMAS DE HADA Y DIENTE DE IGUANA.
VARIAS HOJAS DE TÉ Y UNA BRIZNA DE OLA DEL ALMA.

Mmmh- mmmmh.
¡Y UNA PIZCA DE SALES ETERNAS!
PERDÓNAME, GINKGO MÍO, PERO NECESITO TU SAVIA ÚNICA.
¡NADA COMO UN BESO MÁGICO PARA CURAR LAS PUPAS!
¿DÓNDE GUARDÉ MI AGUA DE JUVENCIA?

AQUÍ NO.
NO, NO, NO...
POR AQUÍ TAMPOCO.
PERO SI RECUERDO HABERLA GUARDADO EN ALGÚN SITIO...
¡PUES CLARO!
SOLO PODRÍA CONFIARLE ALGO TAN PRECIADO A MI GÓLEM.
¡GRACIAS, GRANDULLÓN!

¡LA POTENCIA DE ESTE ELIXIR NO DEJA DE SORPRENDERME!
¡UNA GOTA MÁS Y ME QUEDO EN PAÑALES!
BUENO, SOLO FALTAN LOS DOS ÚLTIMOS INGREDIENTES...
¿BARBOUILLARD? ¿DÓNDE TE ESCONDES?
DICHOSO FAMILIAR...
¡NUNCA ESTÁ CUANDO HACE FALTA!
¿CREÍAS QUE PODÍAS ESCONDERTE?
VENGA, NO TE RESISTAS. ES UN MOMENTÍN.

SANGRE DEMONÍACA Y PLUMA ANGELICAL. MUNDOS OPUESTOS, FUERZAS RIVALES.
REFLEJO DE UNA MANO HERMANA EN SU PALMA HER-MANA. PUREZA CORROMPIDA, VERDAD INCÓMODA.
LO SABÍA... ME HAN TIMADO OTRA VEZ.
NO VUELVO A COMPRAR PLUMAS ANGELICALES EN EL MERCADO NEGRO...
PERO... ¿DE DÓNDE VIENE ESA FUERZA?
¡ES INCREÍBLE! ¡HA FUNCIONADO! ¡EL WITCH CLUB NO PODRÁ INTERPO-NERSE EN MI CAMINO!
¡LO LOGRÉ!

DEBO VOLVER A VILLA-CRIATURA ANTES DEL AMANECER.
BARBOUILLARD, TE DEJO AL MANDO DE LA CASA.
NADA DE VIAJES INTERDIMENSIONALES EN MI AUSENCIA. HE BLOQUEADO TODAS LAS SALIDAS.
HASTA PRONTO, MIS PEQUEÑUELOS.

CREO QUE
LE HEMOS DADO
A ALGO...
SERÍA UN VUELO
DE GANSOS...

UNOS DÍAS MÁS TARDE.
¿VEZ A LA BUJA?
LA BUJA NO TA. ZE FUE.
¡AÍ! ¡ABUA!
¡!
¡ABUA!
¡TEGO ZÉ! ¡DAME ABUA!

¡NO QUEA ABUA! ¡TEGO ZÉ! ¡QUERO LA BUJA!
¡TEGO HAMBE! ¡VIA COMETE!
¡EL CUENO ABUDACIA! ¡AQUÍ TA!
¡TEGO IDEA! ¡IVOCAZIÓ!

¡TOS HACÉ LO QUE YO DECÍ!
¡BUJA DECÍ YO EL JEFE!
¡TOS OÍME, TOS VIVÍ!
STOP

KRRRRRRRRRR
KRRRRRRRRRRR
BAM BAM BAAM BAM
BAM BAM BAM BAM BAM BAM BAM

¡AAAAAAAAAAAAH!
¿QUÉ ESTÁ PASANDO AQUÍ?
¿QUIÉN OSA INVOCARME?
¿QUIÉN OSA ROMPER EL SELLO DE LOS SIETE CÍRCULOS SIN TEMER MI FURIA?
PUES... NO TENGO NI IDEA. YO NO HE SIDO...
PERO, SEÑOR, ¿QUÉ HACE MEDIO DESNUDO EN EL SALÓN DE MI TÍA? ¿ES GIGOLÓ?

¡SILENCIO, HUMANA!
¿OSAS BURLARTE DEL PRÍNCIPE DEL INFIERNO? SI ME HAS INVOCADO PARA ESO, LO PAGARÁS CARO.
LE ASEGURO QUE NO HE HECHO NADA. ¡ACABO DE LLEGAR!
NO ME MIENTAS. EL DIABLO NO APARECE SIN SER INVOCADO. DIME, ¿QUIÉN ERES?
ME LLAMO NORAH...
VENGO A VER A LA BRUIXA, MI TÍA. LLEVO VARIOS DÍAS SIN SABER DE ELLA.
NORMALMENTE, ME CONTACTA TODAS LAS NOCHES.
¡NO ESPERABA ENCONTRARME AL DIABLO EN MITAD DEL SALÓN!
PERO YA QUE ESTÁ AQUÍ, ¡PODRÍA AYUDARME A ENCONTRARLA!

HE PENSADO QUE... COMO ES EL DIABLO QUIZÁ SABE QUÉ LE HA PASADO A MI TÍA.
¿POR QUIÉN ME TOMAS? ¿POR UN PERRO POLICÍA?
¡YA ESTAMOS CON LOS PREJUICIOS! ¡DESAPARECE UNA VIEJA BRUJA Y POR NARICES TENGO QUE HABER METIDO PEZUÑA EN EL TEMA!
SIEMPRE ME ACUSAN A MÍ CUANDO UN HUMANO SE METE EN LÍOS...
Y HABLANDO DE PEZUÑAS... MÁS ME VALE ENCONTRARLAS...
¿QUIERE QUE LE AYUDE?
NO, NO PUEDES SI NO ME HAS INVOCADO TÚ.
HA SIDO ESTE ESTÚPIDO DEMONIO. SIENTO UN VÍNCULO ENTRE NOSOTROS...
NECESITO LLEVARME UN ALMA DE VUELTA AL INFIERNO PARA MARCHARME, PERO ÉL NO TIENE...

OYE, DIME, NIÑA...
¿QUÉ ES LO QUE MÁS ANSÍAS?
NADA, LA VERDAD.
ESTOY SATISFECHA CON LO QUE TENGO.
ALGUNA AMBICIÓN TENDRÁS, DIGO YO... TAL VEZ SER RICA, FAMOSA, ¿RESPETADA?
¿PARA QUÉ? DUDO QUE NADA DE ESO ME HICIESE MÁS FELIZ. SOLO QUIERO ENCONTRAR A MI TÍA...

¿UN DESEO DESINTERE-SADO? ¿QUÉ PRETENDES QUE HAGA CON ESO?
SI ME AYUDA, PODRÍA AYUDARLE YO TAMBIÉN.
NO SOY MÁS QUE UNA APRENDIZ DE BRUJA, PERO LE ECHO GANAS.
PARA EL CARRO. ¿OBRAS MAGIA? QUÉ EXTRAÑO. NO EMANAS MAGNETISMO ALGUNO. ¡CUALQUIERA DIRÍA QUE ESTÁS VACÍA!
¡TAMPOCO HACE FALTA SER DESAGRADABLE!
NO OBSTANTE, TIENES UNAS PIERNAS QUE PODRÍAN SERME ÚTILES PARA SALIR DE AQUÍ.
PAF
PRÉSTAMELAS Y... ¡AY!
MIENTRAS NO SEPA SI MI TÍA ESTÁ VIVA NI DÓNDE ESTÁ, ¡NO SE TOCA!
VEAMOS, LA BRUIXA...
¿DICES QUE DESAPARECIÓ HACE DÍAS? MMMM... NO, NO APARECE EN LOS REGISTROS DEL INFIERNO.

¿Y NO ESTARÁ EN EL PARAÍSO?
JA, JA, JA, JA, JA, JA, JA, JA
¿UNA BRUJA? ¿EN EL PARAÍSO?
¡NO SÉ SI LO SABRÁS, PERO LA MAGIA ES DIABÓLICA! YO LA INTRODUJE EN LA TIERRA.
¡ADEMÁS, EL PARAÍSO ME PERTENECE DESDE QUE TODOS LOS ÁNGELES DESERTARON TRAS LA GRAN ESCASEZ DE ALMAS PURAS DEL AÑO 2000!
BUENO, ESTOY SEGURO DE QUE NO SE ENCUENTRA EN EL MUNDO DE LOS MUERTOS.
ENTONCES, ¿SIGUE VIVA?
ESO ES LO RARO: TAMPOCO APARECE EN LA LISTA DE LOS VIVOS... ¡ES COMO SI HUBIERA DESAPARECIDO!

SI NO ESTÁ MUERTA, AÚN HAY ESPERANZA. ¡TENGO QUE ENCONTRARLA!
¡ESPERA! NO PUEDES ABANDONARME DE ESTA GUISA.
SI NECESITA QUE RECITE UN ENCANTAMIENTO PARA MANDARLO DE VUELTA AL INFIERNO, BÚSQUESE A OTRA...
COMO HA DICHO, NO TENGO TALENTO PARA LA MAGIA.
CON UN ENCANTAMIENTO NO BASTA. ESTOY ATRAPADO EN UN CÍRCULO DE PODER SIN UN ALMA LIGADA. ¡ES UN PROBLEMÓN!
SÍ, PERO SUYO, NO MÍO. YA HE PERDIDO DEMASIADO TIEMPO HABLANDO CON USTED.
MI TÍA ME NECESITA.
ESPERA. CREO PODER AYUDARTE. SÁCAME DEL PENTAGRAMA Y TE EXPONDRÉ MI PLAN.
SI ALGO APRENDÍ DE MI TÍA FUE A NO SACAR A UN DEMONIO DE SU CÍRCULO.
¡NO SE TRATA DE UN DEMONIO CUALQUIERA! ES EL MISMÍSIMO DIABLO EN PERSONA QUIEN TE OFRECE SU AYUDA... ACOMPAÑADA DE TÉ Y PASTAS...
¿ACASO SE TE OCURRE MEJOR ACÓLITO QUE YO PARA ARROJAR LUZ SOBRE ESTE ENTUERTO? ME LLAMAN LUCIFER, SOY LITERALMENTE «EL PORTADOR DE LUZ».

VENGA, ¡SÉ BUENA Y PRÉSTAME TU MOCHILA!
FUEGO DESTRUCTOR, VIENTO FÉTIDO, AGUA SALOBRE, SUELO PÚTRIDO.
ESPÍRITU MALSANO A LA MOCHILA ESTÁ LIGADO.
YA NO PUEDO ESCAPARME.
¡AHORA, BORRA EL PENTAGRAMA Y VÁMONOS!
¿VES COMO NO PASA NADA...?
NADA DE JUGARRETAS, ¿EH?
¡ALLÁ VAMOS!
ESPERA.
ESTE DIABLILLO HA LOGRADO INVOCARME. NO PUEDO DEJARLO AQUÍ, SE VIENE CON NOSOTROS.

AY...
AUCH...
UY...
¿QUÉ PASA AHORA?
¿NO PODRÍAS SER MÁS DELICADA? ¡ME SIENTO COMO UN GATO ATRAPADO EN UNA LAVADORA! ES EL TIPO DE CRUELDAD QUE SOLO DISFRUTO CUANDO NO ME TOCA SUFRIRLA...
ADEMÁS... ¿QUIÉN SE COMPRA UNA MOCHILA DE YUTE? ¿EN SERIO?
¡CÓMPRATELA DE ESPINO, YA PUESTOS!
PERO... ¡AY! ¿QUÉ DEMONIOS HACES?
¡ESPERA! NO IRÁS A DEJARME AQUÍ, ¿NO? NO SABES NI POR DÓNDE EMPEZAR A BUSCAR...
ESTOY AQUÍ PARA AYUDARTE, EH. PERO TAMPOCO VOY A HUMILLARME...
¿HUMILLARTE CÓMO? ¿BUSCÁNDOTE LA VIDA SOLO COMO TODO EL MUNDO?
APENAS LLEVAMOS UNA HORA JUNTOS Y YA ME TIENES HARTA. ¡HAS CONSEGUIDO BATIR EL RÉCORD DE MI EX!
NO ME IMPORTA CARGAR CONTIGO SI TENEMOS EL MISMO OBJETIVO, PERO ¡ME ESTÁS TALADRANDO LAS OREJAS!
¿AHORA ME TUTEAS? HACÍA TANTO QUE NO SE ATREVÍA NADIE A HACERLO, QUE HASTA SE AGRADECE.
BUENO, VALE. PROMETO DEJAR DE QUEJARME.
¿SEGURO? ¿VAS A HACER ALGO ÚTIL?

«EL LUCERO DEL ALBA», «EL PRÍNCIPE DE ESTE MUNDO», «EL PORTADOR DE LUZ»...
... REDUCIDO A HACER DE NIÑERA DE UN DEMONIO MENOR... ¡EN CUANTO SE DESPIERTE SE VA A ENTERAR POR HABERME INVOCADO!
¿TODO BIEN AHÍ DETRÁS?
SÍ, SÍ... SIGUE DORMIDO. OYE, ¿POR QUÉ NO USAS TU ESCOBA PARA IR MÁS RÁPIDO?
QUITA, QUITA... LA ESCOBA ES PARA LOS INCONSCIENTES. ENCIMA, CONTAMINA... ¿SABES LA CANTIDAD DE HOLLÍN QUE DEJA EN LA ATMÓSFERA?
PREFIERO EL TRANSPORTE PÚBLICO... ES UN MÉTODO DE TRANSPORTE MUCHO MÁS ÉTICO.
KSSSSSSSSSSSSS
¿QUÉ EXCUSA BARATA ES ESA?
LE MIENTES AL DIABLO, NIÑA. ESFUÉRZATE UN POCO MÁS. VENGA, DIME LA VERDAD.
SUSPENDÍ EL CARNET DE ESCOBA.
¡JA, JA, JA! ¡UNA BRUJA SIN ESCOBA! ¡ESO SÍ QUE NO LO HABÍA VISTO NUNCA!
OYE... QUE NO TENGO NINGÚN PROBLEMA CON LA TEORÍA. EL PROBLEMA ES APLICARLA. LA TERCERA VEZ FUE...
¿QUE ENCIMA HAS SUSPENDIDO TRES VECES?
CORTA YA. SÉ PILOTAR. ES MÁS, SI TUVIESE UNA ESCOBA, TE LO DEMOSTRARÍA.
PUES PARECE QUE LA PROVIDENCIA TE HA OÍDO...

¡LA RECONOZCO! ¡ES LA ESCOBA DE MI TÍA! PERO ¿QUÉ HACE AQUÍ?
¡JUM! NI UN RASGUÑO A PESAR DEL GOLPE QUE SE HABRÁ LLEVADO.
ESTA ESCOBA NO SE HIZO EN LA TIERRA, SINO EN MIS DOMINIOS. ¿CÓMO HA ACABADO EN MANOS DE LA BRUIXA?
¡OYE!
¡CHITÓN! DEJA AL EXPERTO. EL DIABLO SE ESCONDE EN LOS DETALLES.
sumixam muinomead munod muiger mecra
¿Y QUÉ SIGNIFICA?
¿ES QUE NO OS ENSEÑAN NADA EN LA ESCUELA? ES LATÍN DEMONÍACO. SE LEE AL REVÉS, COMO TODAS LAS LENGUAS DEL INFIERNO.
ARCEM REGIUM DONUM DAEMONIUM MAXIMUS... «UN REGALO REGIO DE PARTE DEL MAYOR DE LOS DEMONIOS».
¿NO ERES TÚ EL MAYOR DE LOS DEMONIOS?
POR SUPUESTO QUE LO SOY. PERO NO NECESITO GRITARLO A LOS CUATRO VIENTOS... Y MUCHO MENOS EN LATÍN.
DIJO HUMILDEMENTE «EL PRÍNCIPE DE ESTE MUNDO», «EL PORTADOR DE LUZ» Y BLABLABLÁ...
VALE, VALE, VALE... SOLO SE ME OCURRE UN DEMONIO QUE OSE PROCLAMARSE MÁS GRANDE QUE YO. Y QUÉ OPORTUNO, PORQUE ERA EL PRIMERO AL QUE PENSABA VISITAR.

BUENO, ¿QUÉ? ¿LISTA PARA VOLVER A EXAMINARTE DE VUELO? CONMIGO DE INSTRUCTOR, SEGURO QUE APRUEBAS.
PUES... CUANDO HE DICHO QUE SABÍA VOLAR...
VENGA, CONFÍA EN MÍ. TE PRESTO UN POCO DE MI MAGIA.
EMPIEZA POR QUITAR EL FRENO DE PIE.
¡AH, SÍ!
AAAAAAAAAAAAAAAAAAAAAAHHH

CREO QUE PODEMOS DEDUCIR SIN TEMOR A EQUIVOCARNOS QUE NUNCA TE SACARÁS EL CARNET. MENOS MAL QUE NO TE HE PEDIDO QUE APARQUES EN PARALELO.
BUENO... HEMOS ATE-RRIZADO DE UNA PIEZA, ¿NO?
¿EN SERIO? ¿ME LO ESTÁS DICIENDO EN SERIO?
¿DÓNDE ESTÁ BARBOUILLARD?
BUENA PREGUNTA...
¡AIUDA! ¡ZOCORRO!
JA JA JA JA JA JA JA JA
¡ESTÁS QUE ARDES, CHAVAL!

PUES SÍ QUE ES DELICADITO PARA SER UN DEMONIO. TENDRÉ QUE MANDARLO DE VUELTA AL PROCESO DE SELECCIÓN.
CREO QUE LE DAS MIEDO. TAMPOCO ES QUE SEAS MUY GUAPO...
¿ASÍ MEJOR?
PARA NADA... BUENO, ¿ME EXPLICAS YA QUÉ HACEMOS AQUÍ?
¿CÓMO QUE NO? SI ME PAREZCO A RYAN GOSLING... ¡LOS HUMANOS LO ADORAN! ES MÁS, ME VENDIÓ SU ALMA PARA QUE ASÍ FUERA. ERES LA PRIMERA QUE SE LE RESISTE... QUÉ RARO...
BUENO, CORTA... TENGO QUE ENCONTRAR A MI TÍA Y CADA MINUTO CUENTA.
ESTAMOS AQUÍ, QUERIDA, PARA REUNIRNOS CON BEEZELBUB, MI MINION MÁS PODEROSO. PERO NO DEBE OLERSE QUE ESTOY AQUÍ, SI NO, NO NOS DEJARÁ PASAR.
PONTE ESTO, ANDA.
¿QUÉ ES ESO?
ES EL MANTO DE LA MUERTE. SE LO TOMO PRESTADO DE VEZ EN CUANDO. ES UN TRUQUITO QUE USO CUANDO NO QUIERO QUE REPAREN EN MI PRESENCIA.
NO ME MATARÁ, ¿NO?
AL CONTRARIO, ES LO ÚNICO QUE PUEDE PROTEGERNOS DE LA MUERTE. ¿NO HAS LEÍDO *HARRY POTTER* O QUÉ?
¿ESTÁS SEGURO?
HAZME CASO. ESO SÍ, HAY QUE DARSE BRÍO: CADA MINUTO SIN SU MANTO LE SUPONE A LA MUERTE MILES DE VIDAS HUMANAS QUE NO PUEDE SEGAR.
ESTAS COSILLAS SON LAS QUE LE OBLIGAN LUEGO A DESENCADENAR GUERRAS O PANDEMIAS PARA EQUILIBRAR LA BALANZA...

¡FUIIIIPAS!
SÍ, YA. SOLO ES UNA PUERTA. BEEZELBUB SIEMPRE HA SIDO UN EGÓLATRA.

PERO ES TODO APARIENCIA, LA VERDAD.
¿Y ESTO?
ES EL SALÓN DE LA FAMA DE BEEZEL-BUB. ES SU COLECCIÓN DE TROFEOS.
SON ESTATUAS DE FAMOSOS, ¿NO?
NO SON ESTATUAS... SON LOS POBRES MALDITOS EN PERSONA, BAÑADOS EN ORO Y CONDENADOS A DECORAR LA MORADA TERRENAL DE SU AMO PARA TODA LA ETERNIDAD.
OS OIGO. ¿QUIÉN OSA ADEN-TRARSE EN MI HOGAR ENMASCARADO?
B, HERMANO, YA VEO QUE NO TE VA NADA MAL.
LUCIFER... ¿A QUÉ DEBO TAN DESAGRADABLE VISITA? ¿AHORA MORAS LA TIERRA?
¿QUIÉN HABLA?
FÍJATE BIEN.

¿ES «EL MAYOR DE LOS DEMONIOS»?
OYE, TÚ. ¡UN RESPETO, HUMANA! CUANDO TE CUELAS EN CASA DE ALGUIEN, NO SE LE HACE BURLA.
NO OLVIDES A QUIÉN LE DEBES TODO ESTO...
¡RENA-CUAJO!
LO MISMO TE DIGO.
JA JA JA JA JA JA JA
JA JA JA JA JA JA
BUENO, ¿QUÉ TE PASA? NORMALMENTE, TUS APARICIONES ESTÁN MÁS CUIDADAS.
POCA COSA. ME HAN INVOCADO, PERO EL RITUAL SE QUEDÓ A MEDIAS.
¿TE HA INVOCADO ELLA? ¿POR QUÉ NO LE PIDES QUE ACABE EL RITUAL?
PORQUE NO ESTOY LIGADO A ELLA...
¡DIANTRES! ESO PARECE... ¿A QUE LO ADIVINO? NECESITAS QUE TE AYUDE PARA VOLVER AL INFIERNO, ¿NO?
...SINO A ESTO...
¿POR QUÉ IBA A AYUDARTE? ME EXILIASTE COMO A LOS OTROS CUATRO POR CONSPIRAR EN TU CONTRA.

PORQUE NO TIENES ELECCIÓN.
MI TRONO ESTÁ VACÍO. O SEA, TÉCNICAMENTE NO PORQUE SIGUEN MIS POSADERAS AHÍ, PERO YA ME ENTIENDES.
¿Y A MÍ QUÉ ME IMPORTA? ME DESTERRASTE AQUÍ. LO QUE PASE EN EL INFIERNO YA NO ES ASUNTO MÍO.
¿TE CREES QUE ESTA SITUACIÓN ES COSA DEL AZAR? ALGUIEN HA MOVIDO LOS HILOS EN LAS SOMBRAS PARA DEJARME EN ESTE ESTADO. IMAGINA LAS CONSECUENCIAS COMO LOGRE DESTRONARME...
SUEÑO CON ELLO CADA NOCHE. DEJARÍAMOS DE ESTAR PRESOS DE TU MALDICIÓN.
TUS CINCO GENERALES PODRÍAMOS VOLVER POR FIN AL INFIERNO.
¿DE VERDAD CREES QUE MI SUCESOR OS DEJARÍA VOLVER POR TODO LO ALTO? SI YO TRAMASE UN PLAN DE ESTE CALADO, ACABARÍA CON VOSOTROS ANTES DE QUE SUPUSIESEIS UNA AMENAZA.
TIENES RAZÓN... ¿QUÉ PROPONES, PUES?
HABLA CON LOS DEMÁS. SI ACEPTÁIS LLEVAR A CABO EL RITUAL, PODRÍA DEJAR ATRÁS VUESTRO PASADO.
MIRA, NO SÉ QUÉ ROLLOS OS LLEVÁIS Y, SINCERAMENTE, ME DA IGUAL. PERO ME HABÍAS DICHO QUE SABRÍA DÓNDE ENCONTRAR A MI TÍA Y ES LO ÚNICO QUE ME IMPORTA.

¡UUUUH! QUÉ CARÁCTER SE GASTA...
DIME, ¿QUIÉN ES TU TÍA? ¿ALGUNA DE MIS CONDENADAS?
¡LA BRUIXA!
¡NO SE LO DIGAS!
LA BRUIXA HA DESAPARECIDO... PUES SÍ. ¡EN BUEN LÍO TE HAS METIDO, LUCI!
NO SÉ SI LO SABES, PERO TU TÍA ES LA ÚNICA PERSONA EN EL MUNDO QUE SABE DÓNDE ESTÁ LA LLAVE DEL INFIERNO. SEGURO QUE NUESTRO AMIGO AQUÍ PRESENTE TE HA EXPLICADO EL PROCESO PARA QUE PUEDA VOLVER AL INFIERNO, ¿NO?
CÁLLATE, BEEZELBUB.
¡NO, QUIERO ENTERARME!
ME CAE BIEN ESTA CRÍA.
MIRA, PARA ABRIR LA PUERTA DEL INFIERNO DESDE FUERA HACEN FALTA VARIOS INGREDIENTES: LA SANGRE DE LOS CINCO DEMONIOS MAYORES VERTIDA UNA NOCHE DE SABBAT, UN ALMA VENDIDA Y, POR SUPUESTO, LA LLAVE DEL INFIERNO.
¿POR QUÉ NO ME HABÍAS DICHO QUE TENÍAS MOTIVOS DE PESO PARA ENCONTRAR A MI TÍA?

NO SÉ QUÉ TE HABRÁ CONTADO PARA ARRASTRARTE HASTA AQUÍ, PERO YA TE HABRÁS DADO CUENTA DE QUE SOLO LE MUEVE SU INTERÉS PROPIO.
PUEDE SER, PERO MIENTRAS ENCONTREMOS A MI TÍA SANA Y SALVA, ME VALE. ¿SE LE OCURRE ALGO QUE PUEDA SER DE AYUDA O NO?
HMMM...
LA ÚLTIMA VEZ QUE VI A TU TÍA BUSCABA UNA PLUMA DE ÁNGEL.
DEBERÍAS EMPEZAR POR AHÍ. NO ES UN INGREDIENTE MUY COMÚN.
EN CUANTO AL CASO QUE NOS OCUPA, QUERIDO LUCIFER, ME LO HE PENSADO Y ESTOY DISPUESTO A INTENTAR CONVENCER A LOS DEMÁS. NO PODEMOS DEJAR PASAR UNA OPORTUNIDAD DE VOLVER AL INFIERNO.
SI CONSIGUES REUNIRLOS ANTES DE HALLOWEEN, YO ME ENCARGO DE LO DEMÁS.
EL TIEMPO VUELA, LUCI, NO TE ENTRETENGO MÁS.

¿A QUÉ SE REFIERE? ¿QUÉ MÁS ME ESCONDES?
¡OYE! TAMPOCO TE CREAS TODO LO QUE DESPOTRICA UN VIEJO DEMONIO.
¿DE QUIÉN HABLAS? ¿DE ÉL O DE TI? VA SIENDO HORA DE QUE ME ENSEÑES TUS CARTAS...
CAZAFUEGOS... PINTA MAL LA COSA.
TIENEN EL PODER DE INHIBIR LAS FUERZAS DEMONÍACAS.
YA EMPIEZO A NOTAR SU EFECTO. PARA EVITAR LEVANTAR SOSPECHAS, VOY A TENER QUE REPRIMIR MIS PODERES...
TENGO QUE ADOPTAR UNA FORMA INOFENSIVA, PERO ¡DEBERÁS OCULTARLES MI IDENTIDAD!
¿Y POR QUÉ IBA A HACERLO? HASTA AHORA NO HAS HECHO MÁS QUE MENTIRME.
CRÉEME CUANDO TE DIGO QUE NADA DE ESTO ES COINCIDENCIA. TE PROMETO QUE TE LO EXPLICARÉ, PERO AHORA MISMO TIENES QUE IMPEDIR QUE ME ECHEN EL GUANTE.
COMO CORRA LA VOZ DE QUE EL DIABLO NO ESTÁ EN EL LUGAR QUE LE PERTENECE EN EL INFIERNO, EL MUNDO TAL COMO LO CONOCES SE DESMORONARÁ ENTRE PÉRDIDA Y CAOS... ¿LO ENTIENDES? ¡CONFÍA EN MÍ!
VALE, PERO ¡UNA Y NO MÁS!

¿QUIÉN VA?
EHH... SOY YO, NORAH. NO ME HAGÁIS DAÑO.
PERO ¿QUÉ HACES TÚ AQUÍ?
HE TENIDO UN ACCIDENTE DE ESCOBA VOLVIENDO DE CASA DE MI TÍA.
¡LAS APRENDICES TIENEN PROHIBIDO DEAMBULAR FUERA DE VILLA-CRIATURA!
¿QUÉ HACES CON LA ESCOBA DE LA BRUIXA? ¿SABES DÓNDE ESTÁ?
NO TENGO NI IDEA.
CUANDO LLEGUÉ A SU CASA, ME ENCONTRÉ A SU FAMILIAR INCONSCIENTE. QUISE LLEVARLO EN ESCOBA A VILLA-CRIATURA, PERO...
NO CONSEGUÍ CONTROLAR LA ESCOBA Y... ¡YA VEIS EL RESULTADO!
HA SIDO UNA TONTERÍA. LO RECONOZCO. Y MENOS MAL QUE ESTÁIS AQUÍ. SIN VOSOTRAS, NO SÉ QUÉ SERÍA DE MÍ.
SI NO ME EQUIVOCO, NO TIENES CARNET DE ESCOBA...
MENOS MAL QUE LOS ARTEFACTOS DE LA BRUIXA ESTÁN MARCADOS, SI NO, NO TE HABRÍAMOS ENCONTRADO.
VENGA, SUBE. ¡TE LLEVAMOS DE VUELTA A VILLA-CRIATURA!

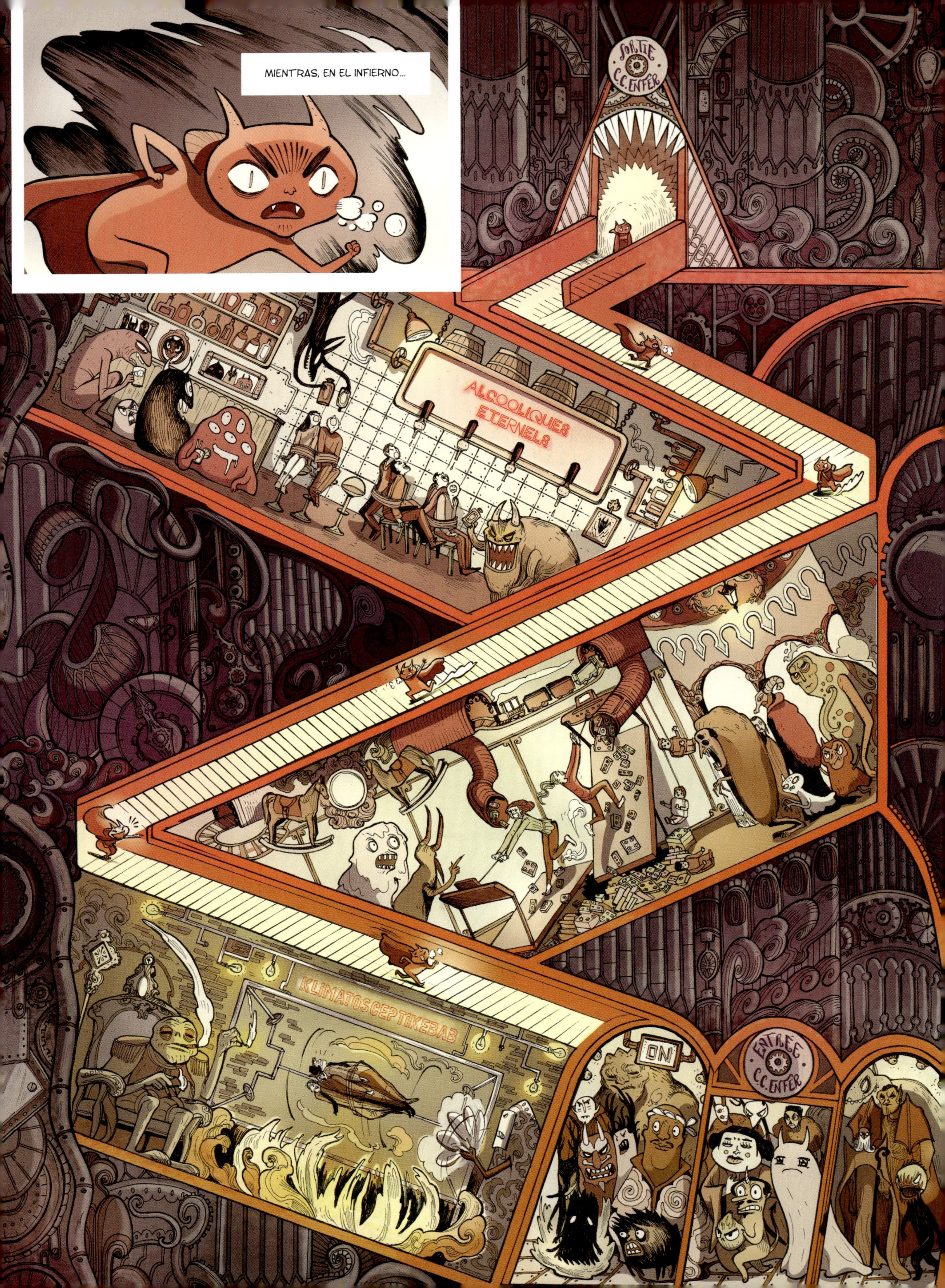
MIENTRAS, EN EL INFIERNO...
SORTIE C.C. ENFER
ALCOOLIQUES ETERNELS
KLIMATOSCEPTIKEBAB
ON
ENTRÉE C.C. ENFER

¡JACK O'LANTERN! TEN CUIDADO, ESTO ES EL INFIERNO. ¡RESPETA EL SENTIDO DE CIRCULACIÓN!
PERDONA, ANARAZEL... VENGO DE LA SUPERFICIE Y ESTOY DESUBICADO.
YA, PUES ¡CUIDADITO!
SE EMPIEZA CORRIENDO EN DIRECCIÓN CONTRARIA Y SE ACABA DESATANDO EL CAOS. EL CAOS ES VIDA Y LA VIDA ES...
QUE YA. ¡NO ME VENGAS CON SERMONES, QUE TENGO PRISA!
POR CIERTO, CONTAMOS CONTIGO, CON GAZIEL Y FECOR. NO QUEDA NADA PARA HALLOWEEN Y QUEREMOS DESATAR UNA TORMENTA EN IRLANDA. PERO SI NO ESTÁS TÚ PARA PERDER A LOS HUMANOS, NO TIENE GRACIA...
YA OS DIRÉ ALGO... A LAS MALAS, EMPEZAD SIN MÍ.
EXIT
SORTIE
SALIDA
W.C.
TOILET
BAÑO
¡TENGO VÉRTIGO!

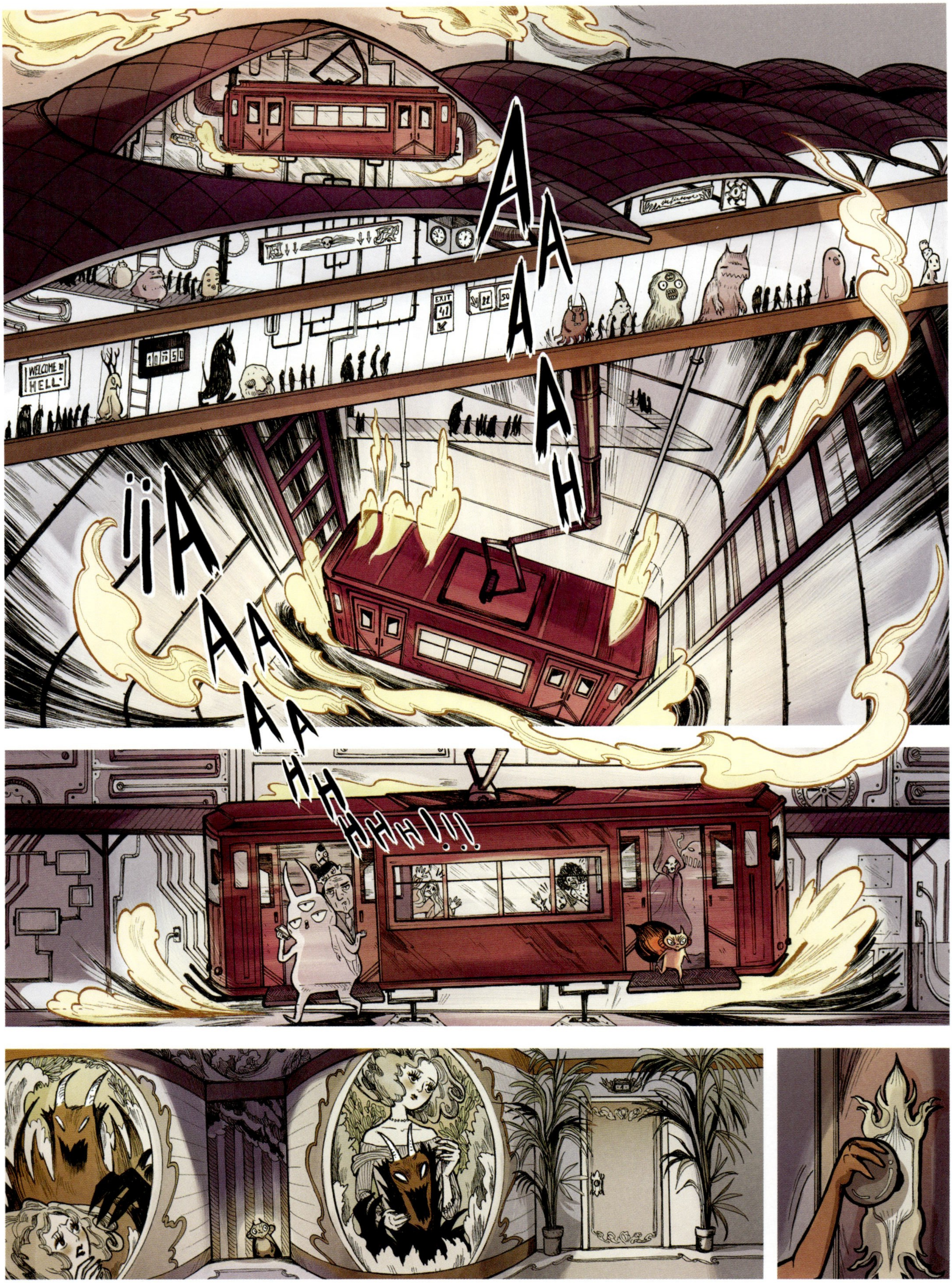
AAAAAH
¡¡AAAAAHHHHH!!!
WELCOME TO HELL
EXIT

COMMANDES
¡MÁS RÁPIDO! ¡MÁS RÁPIDO!
¡A TRABAJAR! ¡A TRABAJAR!
MMM... DEMASIADO RUGOSA. NI EL TRASERO DEL MALDITO MERECE ALGO TAN INCÓMODO.
NO. METEDLE MÁS PLUMAS. ¡MÁS PLUMAS!
¡A SUS ÓRDENES, CANCILLER ADRAMELECH!
COMO ORDENÉIS, CANCILLER.
¿Y TÚ? ¿NO ME HAS OÍDO? QUIERO PLUMAS.
PERO, CANCILLER, ES QUE... NO VENGO A SERVIROS.
O SEA, SÍ, COMO TODO DEMONIO, CLARO. PERO VENGO A INFORMAROS DE ALGO. ES UN CHIVATAZO DE MI PRIMO POLÍTICO QUE TRABAJA EN EL VOLCÁN DE BEEZELBUB Y...
¡BASTA! VE AL GRANO.
PUES, POR RARO QUE PAREZCA, MI PRIMO DICE HABER VISTO AL JEFAZO EN LA SUPERFICIE. ES RARO PORQUE...
¡CLACK!
¡ZUMM!

¿QUIÉN MÁS ESTÁ AL CORRIENTE DE LO QUE ME ACABAS DE INFORMAR?
APARTE DE MI PRIMO, NO LO SÉ... PERO, DECIDME, ¿ESTAMOS DONDE CREO?
SÍ, ES LA SALA DEL TRONO, NADA DEL OTRO MUNDO.
BUENO, ¿ESTE ES TU PRIMO?
¡CLAC!
HAS VISTO AL DIABLO, ¿NO? ¿QUIÉN MÁS ESTÁ AL TANTO?
EHH... PUES, APARTE DE JACK Y BEEZELBUB, NADIE, GRAN CANCILLER.
¡CRNCH!
BIEN. MUY BIEN.
NOOOOO
¡SILENCIO!
AHORA TRABAJAS PARA MÍ, JACK O'LANTERN.
COMO ME RECHISTES, ME CRITIQUES O TE NIEGUES, ACABARÁS COMO TU PRIMO. ¡¿ESTAMOS?!
MUY BIEN. AHORA, SÍGUEME.

MIRA, PEQUEÑO, LAS COSAS ESTÁN A PUNTO DE CAMBIAR EN LOS «BAJOS MUNDOS».
SI HACES LO QUE TE DIGO, ESTARÁS EN EL LADO DE LOS VENCEDORES...
NO COMO ÉL.
¿ES EL...? ¿ES EL JEFE?
LO QUE QUEDA DE ÉL...
Y, CON SUERTE, PRONTO NO QUEDARÁ NADA EN ABSOLUTO.
AHORA, ESCÚCHAME CON ATENCIÓN.
FRUS, FRUS.

PFFFF... PERO ¿EN QUÉ MOVIDA ME HE METIDO?
EVENTING MAGIC
DISPARITION
LA BRUJA
CHASSE-FEU
ENTRETIEN EXCLUSIF
BUUUUUUF
JI, JI, JI, JI, JI, JI, JI, JI, JI
JU, JU, JU, JU, JU, JU
PUES ESTAMOS BIEN... Y ESO QUE QUIERE PASAR DESAPERCIBIDO...
POM POM POM

¡TITA ANTHÉE!
MI NORITA... ¿CÓMO SE TE OCURRE HUIR ASÍ DE LA ACADEMIA?
ESTABA MUY PREOCUPADA. NO PODÍA QUE-DARME AQUÍ SIN HACER NADA.
ES QUE LA BRUIXA ME HABÍA DADO LA LLAVE DE SU MANSIÓN. NUNCA LO HABÍA HECHO ANTES. CREO QUE TEMÍA QUE LE PASASE ALGO...
PENSÉ QUE ENCONTRARÍA ALGUNA PISTA ALLÍ.
¿Y BIEN? ¿QUÉ HAS ENCON-TRADO?
PUES... NADA INTERESANTE.
¿NOS DEJAS A SOLAS, LUDMILA?
¿Y TÚ, TÍA? ¿HAS ENCONTRADO ALGO?
PUES APARTE DE SU ESCOBA, LA CUAL HAS ROTO, POR DESGRACIA, Y ESE FAMILIARCILLO QUE HAS TRAÍDO... NO HAY NOVEDADES.
¿BARBOUILLARD? ¿HA DICHO ALGO?

Glups!
NO. NADA POR AHORA. PARECE ESTAR MUERTO DE MIEDO POR ALGO... PERO ACABARÁ HABLANDO.
SÍ, ESPEREMOS...
Y, MMM... EN CUANTO A MI VUELO EN ESCOBA...
¡NO TE PREOCUPES POR ESO! ESO SÍ, PROMÉTEME QUE RETOMARÁS LAS CLASES DE VUELO... ¡Y QUE ESTA VEZ TE LO TOMARÁS EN SERIO!
COMO VUELVAS A SUSPENDER EL EXAMEN, NO PODRÉ CUBRIRTE MÁS TIEMPO.
JI, JI, JI, JI
BUENO, TE DEJO DESCANSAR. IMAGINO QUE LAS ÚLTIMAS HORAS TE HABRÁN DEJADO AGOTADA. SI TE ACUERDAS DE ALGO, NO DUDES EN VENIR A VERME.
LO HARÉ, TITA ANTHÉE.
BUUUUUUUF
PERO ¡¿A TI QUÉ TE PASA?! ¡ME LA JUEGO PARA ESCONDERTE Y TÚ VENGA A REÍRTE EN MI MOCHILA!
JA JA JA JA JA JA
¿QUÉ TE PASA?
JU JU JU JU JU JU
NO PUEDO EVITARLO. ME ESTÁN HACIENDO COSQUILLAS EN LAS PEZUÑAS...
¡SE VA A ENTERAR CUANDO LO PILLE!
¡VAYA FAENA! SE SUPONÍA QUE NO LO SABÍA NADIE.

TRANQUILA... SOLO ES ADRA-MELECH, MI BRAZO DERECHO. ME HACE COSQUILLAS EN MORSE.
ESTÁ TODO CONTROLADO. SOLO SE ESTÁ APROVECHANDO UN POCO...
¡ANDA! ¡MENUDAS VISTAS!
HACÍA TIEMPO QUE NO VENÍA POR AQUÍ. ESTÁ IGUALITO.
¿CÓMO QUE «ESTÁ IGUALITO»? VILLA-CRIATURA EVOLUCIONA CONSTANTEMENTE... ¡NO PARO DE PERDERME!
SÍ, LO SÉ DE BUENA TINTA, LA FUNDÉ YO: «VILLA-CRIATURA, LA CAPITAL DE LA MAGIA, QUE DECIDE DE DÓNDE VIENES Y ADÓNDE VAS».
13
SI LA CONSTRUISTE TÚ, ¿POR QUÉ NO HICISTE ALGO MÁS SIMPLE Y CUADRICULADO?
PORQUE PARA ESO YA ESTÁ EL INFIERNO. EL ORDEN, LA REPETICIÓN PERPETUA DE PATRONES... TODO MI IMPERIO SE BASÓ EN ESO. VILLA-CRIATURA ES MI OBRA MAESTRA, ES EL CAOS ABSOLUTO. ¡EL CAOS ES VIDA! PERO ERES DEMASIADO JOVEN PARA ENTENDERLO.
¡PUES SÍ! ¡Y TAMPOCO ENTIENDO TU EMPEÑO EN HACER DE MI VIDA UN INFIERNO!
JA JA JA JA JA JA JA JA JA

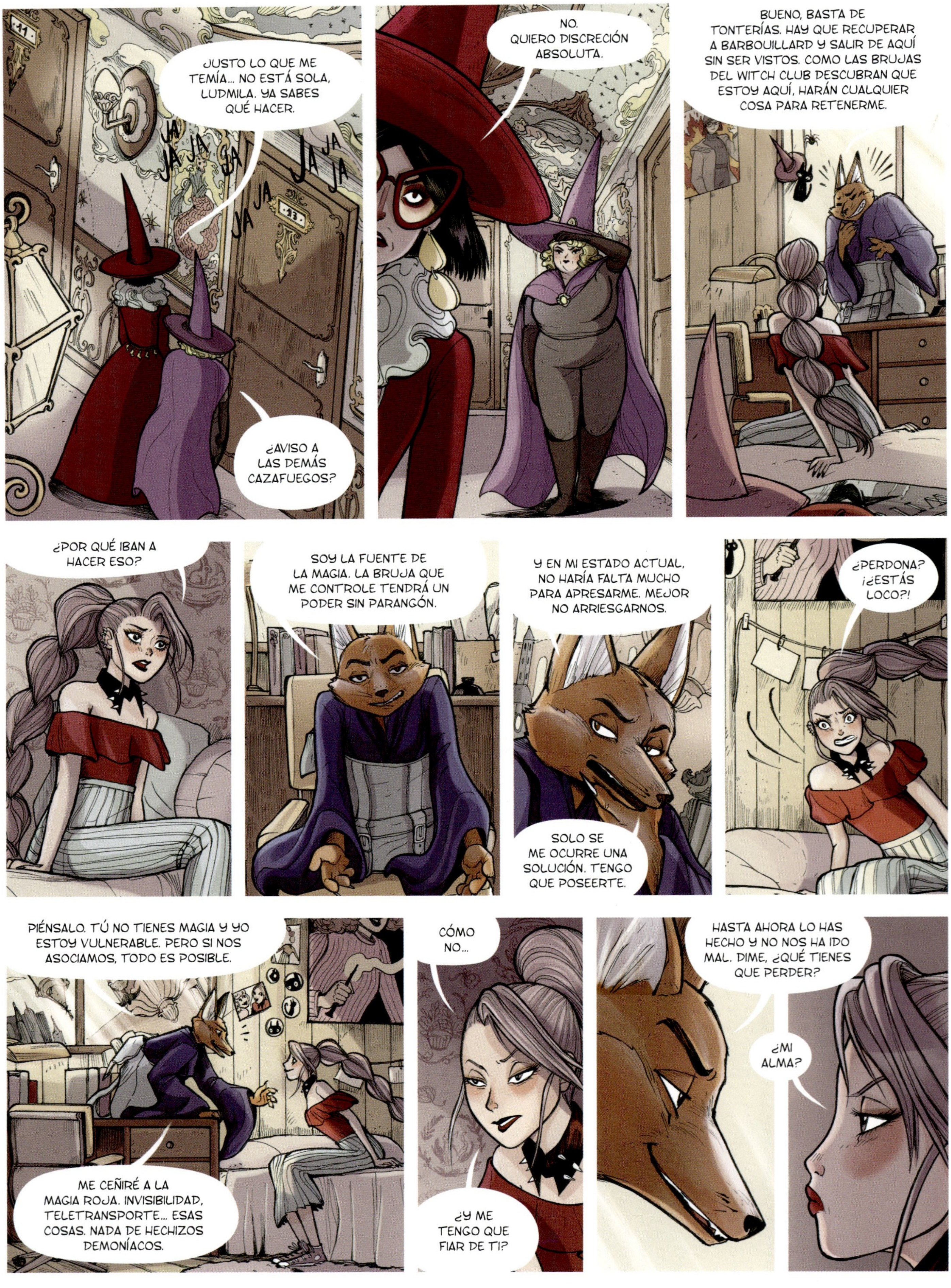
JUSTO LO QUE ME TEMÍA... NO ESTÁ SOLA, LUDMILA. YA SABES QUÉ HACER.
JA JA JA JA JA JA JA JA
¿AVISO A LAS DEMÁS CAZAFUEGOS?
NO. QUIERO DISCRECIÓN ABSOLUTA.
BUENO, BASTA DE TONTERÍAS. HAY QUE RECUPERAR A BARBOUILLARD Y SALIR DE AQUÍ SIN SER VISTOS. COMO LAS BRUJAS DEL WITCH CLUB DESCUBRAN QUE ESTOY AQUÍ, HARÁN CUALQUIER COSA PARA RETENERME.
¿POR QUÉ IBAN A HACER ESO?
SOY LA FUENTE DE LA MAGIA. LA BRUJA QUE ME CONTROLE TENDRÁ UN PODER SIN PARANGÓN.
Y EN MI ESTADO ACTUAL, NO HARÍA FALTA MUCHO PARA APRESARME. MEJOR NO ARRIESGARNOS.
SOLO SE ME OCURRE UNA SOLUCIÓN. TENGO QUE POSEERTE.
¿PERDONA? ¡¿ESTÁS LOCO?!
PIÉNSALO. TÚ NO TIENES MAGIA Y YO ESTOY VULNERABLE. PERO SI NOS ASOCIAMOS, TODO ES POSIBLE.
ME CEÑIRÉ A LA MAGIA ROJA. INVISIBILIDAD, TELETRANSPORTE... ESAS COSAS. NADA DE HECHIZOS DEMONÍACOS.
CÓMO NO...
¿Y ME TENGO QUE FIAR DE TI?
HASTA AHORA LO HAS HECHO Y NO NOS HA IDO MAL. DIME, ¿QUÉ TIENES QUE PERDER?
¿MI ALMA?

QUE NO. NO HAY NADA QUE TEMER. ES UNA POSESIONCITA DE NADA... ¡NUNCA HE EXIGIDO UN ALMA A CAMBIO! ADEMÁS, NO SUELO PEDIR PERMISO TAMPOCO.
DAME UNA BUENA RAZÓN PARA ACEPTAR.
LA DESAPARICIÓN DE LA BRUIXA NO ES CASUAL. EL HECHO DE QUE UNO DE SUS FAMILIARES LOGRASE INVOCARME ES DE LO MÁS EXTRAÑO.
NO SÉ QUIÉN HABRÁ METIDO MANO EN ESTO, PERO NUESTROS CASOS ESTÁN RELACIONADOS. HAY QUE RECUPERAR A BARBOUILLARD PARA QUE PUEDA VOLVER AL INFIERNO Y ESCLARECER ESTE ENTUERTO. EN CUANTO ESTÉ COMPLETO, PODRÉ CUMPLIR MI PROMESA.
¡ENCONTRAR A MI TÍA!
¡EXACTO! PERO PARA LLEVAR A CABO EL PLAN, HABRÁ QUE EMPEZAR POR SALIR DE AQUÍ SIN SER VISTOS.
BUENO, ¿QUÉ ME DICES?
UNA CONDICIÓN. SI TE DIGO QUE PARES, PARAS. ¡ES MI CUERPO Y YO DECIDO!
¡HECHO!
¡VAMOS ALLÁ!

¡OYE! ¡QUÉ ESPACIOSO ES ESTO! NORMALMENTE, CON LOS HUMANOS SUELO TENER MUY POQUITO SITIO POR TODO EL ESPACIO QUE OCUPA SU TREMENDO EGO, PERO CONTIGO... ¡PARECE QUE NO TUVIERAS EGO!
NO PUEDES EVITAR SER HIRIENTE, ¿NO? VENGA, YA HAS COTILLEADO BASTANTE. TENEMOS UNA MISIÓN QUE CUMPLIR.
ESPERA, TENGO QUE PONERME CÓMODO PARA PODER ADUEÑARME DEL ENTORNO. NO SE ESTÁ NADA MAL AQUÍ. ME SIENTO COMO EN CASA...
DA UN POCO DE CORTE ESTO DE ESTAR ENCERRADA EN MI MENTE CONTIGO. CUANTO ANTES ACABEMOS CON ESTO, MEJOR LO LLEVARÉ.
¡AL LÍO! PRIMERO, TENGO QUE CONECTARME A TU FUENTE DE MAGIA.

¿QUÉ ESTÁ PASANDO?
¡TOMA YA! ¡QUÉ POTENCIA! ¡SE TE DA DE LUJO FINGIR, CAMPEONA!
VAMOS A PODER JUGAR A CRUZAR MURALLAS.
YA ME ESTOY ARREPINTIENDO...

Swiiiiiiiip
ABIERTO
ENTRADA
¡CREO QUE ES AQUÍ!
El Paraíso
SEGÚN EL PLANO, ES POR AQUÍ.

¡IMPRESIONANTE! ¿ES EL TRONO DIVINO?
¡PSCHH!
¡¡PSCHHH!!
¡AUCH, AUCH, AUCH!

DEMONIO, ¿POR QUÉ ME TIENES PRISIONERA? NO TENGO NADA QUE DECIRTE.
PUES CONTENTAOS CON CONTESTAR.
MI AMO ME HA ENCARGADO QUE OS DIGA QUE SABE DÓNDE ESTÁ LA LLAVE DEL INFIERNO Y QUE NO TARDARÁ EN DESTRUIRLA.
¡ES IMPOSIBLE! ¿POR QUÉ IBA A HACER ESO EL DIABLO? ¡NO TIENE SENTIDO! ¡ADEMÁS, AUNQUE LA TUVIESE DELANTE DE LAS NARICES NO PODRÍA VERLA!
¿QUIÉN HA DICHO QUE MI AMO SEA EL DIABLO?
OS DEJO. TENGO CITA CON VUESTRA QUERIDÍSIMA NORITA...

¡FIUM!
¡FIUM!
TCHK-TCHK
TCHK-TCHK
ZAS!

¿HAY NOTI-CIAS DE LA BRUIXA?
NADA... SI NO, YA HABRÍA SALIDO EN PORTADA DE LOS PERIÓDICOS.
ÂTRE
HAY MUCHOS DEMONIOS, ¿NO?
AH, SÍ, ES QUE HALLOWEEN ESTÁ AL CAER. ¡CADA AÑO EMPIEZAN ANTES!
BLA BLA BLA BLA
BLA BLA
BLA BLA
¿Y AHORA QUÉ HACEMOS?
HAY QUE ENCONTRAR A BARBOUILLARD COMO SEA. COMO HABLE Y TUS SEMEJANTES DESCUBRAN QUE ESTOY AQUÍ... ESTAMOS PERDIDOS.
TENDRÍAMOS QUE HABERLE PREGUNTADO A TITA ANTHÉE DÓNDE LO TENÍAN ENCERRADO... ¡OYE! ¿QUÉ HACES?
¡DIVERTIRME! HACÍA MUCHO QUE NO POSEÍA A NADIE. BUENO, POR LÓGICA, LAS ÚNICAS CELDAS CAPACES DE RETENER A UN CANALLA DIABÓLICO SON LAS DEL CASTEL-DEMONIO.
DÉJATE DE JUEGUECITOS, ANDA. NO PODEMOS COLARNOS EN LAS MAZMORRAS DEL CASTILLO COMO QUIEN NO QUIERE LA COSA... ¿POR QUÉ NO USAMOS EL MANTO DE LA MUERTE?
¿DOS VECES EL MISMO DÍA? SERÍA UNA MATANZA. LLAMARÍA DEMASIADO LA ATENCIÓN...
¡TIENE QUE HABER UNA FORMA MÁS PERVERSA!
¡LO TENGO! PODEMOS PEDÍRSELO A MI EX. CREO QUE ESTÁ DE PRÁCTICAS CON LOS GUARDADEMONIOS.
¡APAÑADO! ¿VES CÓMO CUANDO QUIERES...?
¡NO PUEDE SER! ¿QUÉ HACEN AQUÍ ESTOS CRETINOS?

¡ALASTOR! ¡ABADDON! ¿ESTÁIS MAL DE LA CABEZA? ¿ES QUE SE QUERÉIS LLAMAR LA ATENCIÓN DEJÁNDOOS VER EN PLENO CENTRO?
COLGAOS DEL CUELLO UN CARTEL QUE DIGA «VENIMOS A ABRIR LA PUERTA DEL INFIERNO» PUESTOS A DEJÁRSELO CLARO A TODO EL MUNDO.
AAAAH
AAAAAH
¿NO PODÍAIS ESPERAR HASTA MAÑANA? EN HALLOWEEN PASARÍAIS DESAPERCI-BIDOS, PERO ASÍ...
¿DE QUÉ VA ESTA HUMANA?
NO TENGO NI IDEA, ABADDON, PERO PARECE QUE NO NOS TIENE MIEDO.
YA LO VEO, ALASTOR... VAMOS A HACERLA CAMBIAR DE OPINIÓN...
APARTA, HUMANA, O PROBARÁS LAS LLAMAS DEL INFIERNO.
ADELANTE, ¡ES JUSTO LO QUE QUIERO!
AAAAAH
AAAAAAH
¿NO DECÍAS QUE NO HABÍA QUE LLAMAR LA ATENCIÓN? PERDONA, PERO RETOMO EL CONTROL.
¡TE LO HAS BUSCADO!
UIS, ME LO HE PENSADO MEJOR... PERDÓN POR LAS MOLESTIAS.
¡POR UN PELO! ¿QUÉ MOSCA TE HA PICADO?
DEFORMACIÓN PROFESIONAL. ME PASO EL DÍA MANDONEANDO A DEMONIOS... PERO, SI LO PIENSAS, ES BUENA SEÑAL QUE ESTÉN POR AQUÍ. SIGNIFICA QUE BEEZELBUB HA CUMPLIDO SU PALABRA.

¿VES A TU CHURRI?
YA NO ES MI NOVIO... PERO NO, NO ESTÁ...
ACABAN DE INFORMAR DE QUE HAY DEMONIOS SUELTOS EN EL CENTRO.
LAS CAZAFUEGOS ESTÁN AL TANTO, PERO NECESITARÁN NUESTRA AYUDA SI SE DESCONTROLA.
¡A SUS ÓRDENES!
¡OYE, BECARIO! NOS VAMOS DE MISIÓN. VIGILA LAS MAZMORRAS EN NUESTRA AUSENCIA.
SE ME HA OCURRIDO UNA IDEA PARA ENTRAR, PERO HABRÁ VÍCTIMAS.
ESPERA... ¡CREO QUE ES ÉL!
¿ESE PRINGADO DE AHÍ? UN MAMPORRO POR LA ESPALDA Y ARRE-GLADO.
ME NIEGO A HACER DAÑO A NADIE. DÉJAMELO A MÍ.

HOLA, CLÉMENT...
¿NORAH? ¿QUÉ HACES TÚ AQUÍ?
CREÍA QUE NO QUERÍAS VOLVER A VERME. ¿NO DECÍAS QUE ERA «UN BRASAS BABOSO»?
LO DIJE SIN PENSAR. ESTABA ENFADADA PORQUE INSISTÍAS A PESAR DE DECIRTE QUE NO.
¿Y QUÉ? AHORA TE ARREPIENTES, ¿NO? ¡PUES YA ES TARDE! VETE POR AHÍ. ESTOY TRABAJANDO.
PERO ¿QUIÉN SE HA CREÍDO ESTE?
¡ME ESTÁ EMPEZANDO A TOCAR LA MORAL! QUITA Y DÉJAME A MÍ.
QUÉ PENA, CLÉMENT. TENÍA MUCHAS GANAS DE QUE ME PERDONASES.
¡UPS!
ZIOUP
¡OYE, NO TE PASES!
¡CHITÓN! DEJA ACTUAR AL PROFESIONAL.
OYE... NORAH, ESPERA.
¿VES?
¿SÍ, CLÉMENT? ¿QUÉ PASA?

ME HAN DEJADO SOLO Y... TE PUEDO HACER UNA VISITA GUIADA, SI QUIERES.
¿CREES QUE HAY ALGÚN RINCONCITO TRAN-QUILO... PARA ESTAR SOLITOS?
TENGO ALGO EN MENTE...
PAF
NO ME DIGAS. ¡YO TAMBIÉN!
LOS MACHOS HUMANOS... SON TO-DOS IGUALES.
¿ESTÁS LOCO O QUÉ? TE DIJE QUE NADA DE HACER DAÑO. ¡AHORA SÍ QUE SE ACABÓ!
SAL DE MI CUERPO.
TE DIJE QUE NO PODÍAS HACER ESO. Y TE LO DEJÉ BIEN CLARO. ME HAS UTILIZADO SIN MI CONSENTIMIENTO.
¿POR QUÉ DEBERÍA SEGUIR AGUANTÁNDOTE?
PORQUE SOY EL ÚNICO QUE PUEDE AYUDARTE. HASTA TU QUERIDA TITA ANTHÉE TE HA TRAICIONADO.
TE HA MARCADO Y NOS ESTÁN SIGUIENDO DESDE QUE SALIMOS DE TU HABITACIÓN. HE CONSEGUIDO CUBRIR NUESTRO RASTRO HASTA AHORA, PERO EN CUANTO NOS SEPAREMOS ELLA Y TODAS SUS AMIGAS SE TE ECHARÁN ENCIMA.
Y VIENDO LO QUE LE HAS HECHO AL POBRE CLÉMENT, TE ESPERA UNA BUENA. NUESTRA ÚNICA OPCIÓN DE ENCONTRAR A LA BRUIXA ES SEGUIR BUSCÁNDOLA JUNTOS.
¿RECUERDAS QUE BEEZELBUB DIJO ALGO DE QUE TU TÍA BUS-CABA UNA PLUMA DE ÁNGEL? SÉ QUIÉN FUE LA ÚLTIMA PERSONA EN TENER UNA EN SU PODER.
SIEMPRE IGUAL. NO TENGO ALTERNA-TIVA...
SNIF SNIF
PERO SE ACABARON LAS CORDIA-LIDADES.
¡DE LUJO! ESO QUE ME AHORRO.

TEN MUCHO CUIDADO. NO TE EQUIVOQUES DE MAZMORRA.
NO VAYA A SER QUE LIBERES A SERES IMPRESENTA-BLES.
QUÉ RARO QUE HAYAN ENCERRADO A BARBOUILLARD AQUÍ...
NO SUPONE NINGÚN PELIGRO. ESPERO QUE NO SEA UNA TRAMPA.
¿PIENSAS SEGUIR HABLANDO SOLO O VAS A SER ÚTIL? DAME LA LLAVE.
¡OYE! ¡UN RESPETO!
NI «POR FAVOR» NI «GRACIAS»... ¿DÓNDE QUEDÓ LA EDUCACIÓN?
VALE, VALE, TOMA. AHÓRRATE LAS MIRADAS ASESINAS.
¿Y AHORA QUÉ?
SERÁ MEJOR NO REZAGARSE. HAY HECHIZOS MUY POTENTES QUE INHIBEN MIS PODERES. NO PODRÉ DISIMULAR MUCHO MÁS.

MIENTRAS TANTO, EN EL PARAÍSO...
¡ESPERA!
YO... YO TE CONOZCO. ERES JACK O'LANTERN, ¿NO? EL NIÑO PERDIDO DE LA CALZADA DE LOS GIGANTES.
¿CÓMO SABES TÚ ESO?
¿NO ME RECONOCES?
TCHAFF
TCHAFF
TCH-AFFF
TCH-AAFFF
CHICOS, ¿QUÉ HACÉIS LOS DOS AQUÍ SOLOS?
NUESTRA FAMILIA NOS HA ABANDONADO. ESTÁBAMOS EN EL BARCO DE PAPÁ. VI LA LUZ DEL FARO Y LUEGO SE OYÓ UN «CRAC» MUY FUERTE.
CUANDO ME DESPERTÉ ESTABA AQUÍ CON MI PRIMO, PERO LOS DEMÁS HAN DESAPARECIDO.

PERO SI AQUÍ NO HAY FARO...
LOS HABRÁN ASALTADO UNOS PIRATAS... ¡POBRECITOS! COMO NO HAGA NADA, SE QUEDARÁN AQUÍ HASTA QUE SU ESENCIA SE DISIPE.
CHICOS, ¿QUÉ OS PARECE SI NOS VAMOS? PUEDO AYUDAROS.
¿IRNOS? PERO ¿ADÓNDE? NUESTROS PADRES NO PODRÁN ENCONTRARNOS CUANDO VUELVAN...
NINGÚN NIÑO QUERRÍA OÍR LO QUE OS VOY A DECIR, PERO... VUESTROS PADRES SEGURAMENTE ESTÉN MUERTOS...
... Y VOSOTROS TAMBIÉN.
LO SIENTO, CHICOS.
VINCULA AD CARCEREM!

¿QUÉ VAS A HACER CON NOSOTROS?
OS DOY A ELEGIR. SI OS QUEDÁIS AQUÍ MÁS TIEMPO OS TRANSFORMARÉIS EN FUEGOS FATUOS Y PONDRÉIS EN PELIGRO A OTROS BARCOS ANTES DE DESAPARECER.
ES LO QUE PASA CUANDO LOS ESPÍRITUS OLVIDAN QUIÉNES ERAN.
¡YO NO QUIERO DESAPARECER! QUIERO SEGUIR CON MI PRIMO.
CONOZCO A ALGUIEN QUE PODRÁ OFRECEROS UNA VIDA NUEVA. NUNCA PODRÉIS VOLVER A SER QUIENES ERAIS, PERO PODRÉIS SEGUIR EXISTIENDO, AUNQUE BAJO UNA FORMA CORROMPIDA.
SI ASÍ PODEMOS SEGUIR JUNTOS, ENTONCES ACEPTAMOS.
¿A QUÉ DEBO EL PLACER?

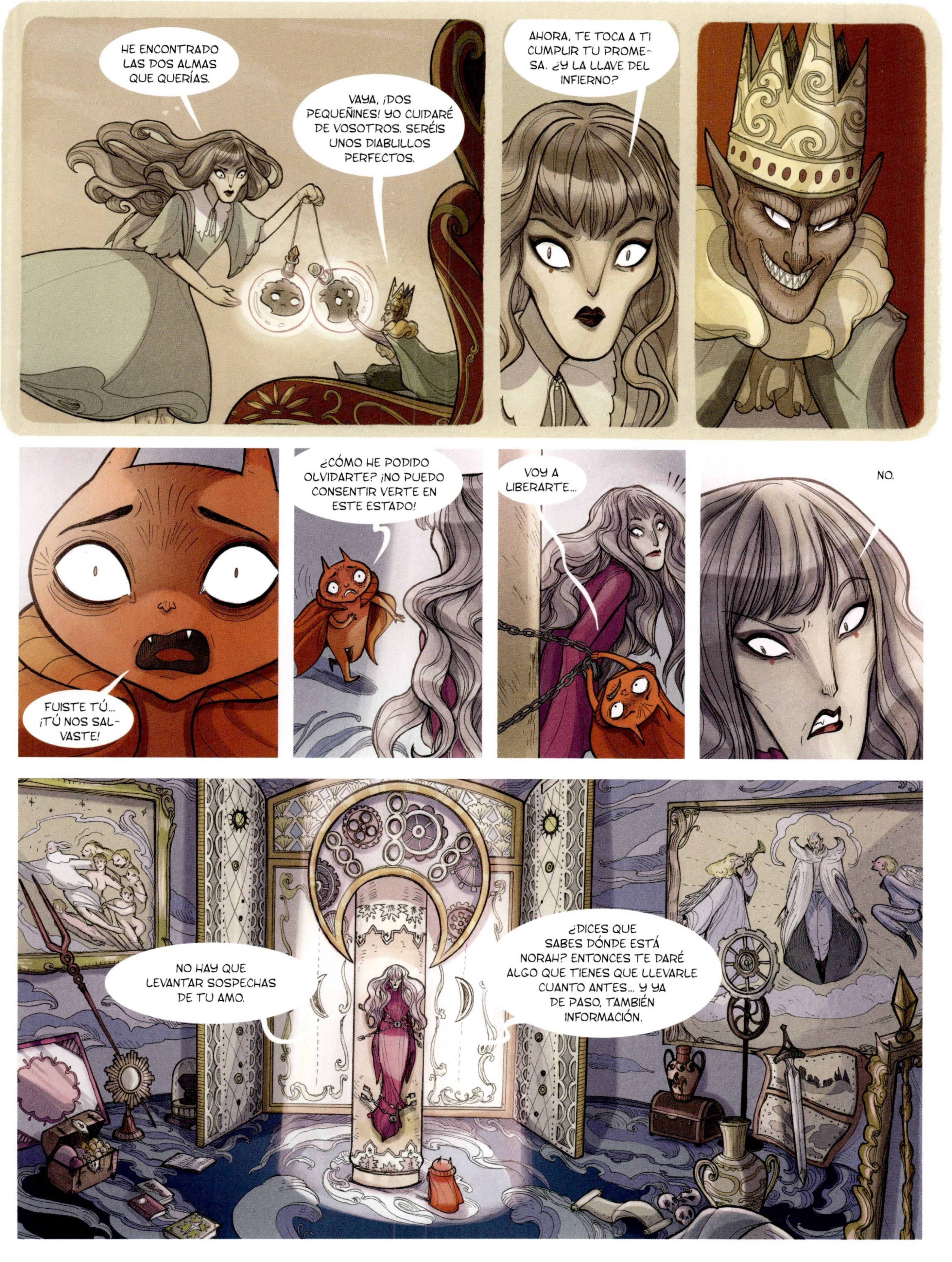
HE ENCONTRADO LAS DOS ALMAS QUE QUERÍAS.
VAYA, ¡DOS PEQUEÑINES! YO CUIDARÉ DE VOSOTROS. SERÉIS UNOS DIABLILLOS PERFECTOS.
AHORA, TE TOCA A TI CUMPLIR TU PROMESA. ¿Y LA LLAVE DEL INFIERNO?
FUISTE TÚ... ¡TÚ NOS SALVASTE!
¿CÓMO HE PODIDO OLVIDARTE? ¡NO PUEDO CONSENTIR VERTE EN ESTE ESTADO!
VOY A LIBERARTE...
NO.
NO HAY QUE LEVANTAR SOSPECHAS DE TU AMO.
¿DICES QUE SABES DÓNDE ESTÁ NORAH? ENTONCES TE DARÉ ALGO QUE TIENES QUE LLEVARLE CUANTO ANTES... Y YA DE PASO, TAMBIÉN INFORMACIÓN.

¿SEGURO QUE ES AQUÍ? TENGO UN MAL PRESENTIMIENTO.
NO TE PREOCUPES. SEREMOS BIENVENIDOS.
¡TOC, TOC, TOC!
BAM
¡AAAAAH!
¿QUÉ QUIERE LA CHICA?
PUES... ME HAN DICHO QUE PUEDE QUE TENGA INFORMACIÓN SOBRE LA DESAPARICIÓN DE MI TÍA, LA BRUIXA.
GROUIK
¡PUES LE HAN MENTIDO! ¡QUE SE VAYA LA CHICA DE MI ESCALINATA!
VAYA, CROWLEY, ¿ESTAS SON FORMAS DE RECIBIR A UN VIEJO AMIGO?
¡SEÑOR, NO PENSABA VOLVER A VEROS! VENÍS A RECUPERAR MI ALMA, ¿NO ES ASÍ? NO OBSTANTE, HICIMOS UN TRATO CUANDO ME VOLVISTEIS INMORTAL.
¡NO, TRANQUILO! SIEMPRE CUMPLO MI PALABRA.
SIN EMBARGO, IMAGINARÁS QUE NO VENGO A HACER TURISMO. NECESITO TU AYUDA.
¡Y ME HABÉIS TRAÍDO UNA OFRENDA DELICIOSA! CUÁNTO OS LO AGRADEZCO.
NO TOQUES A LA CHICA.
DÉJANOS PASAR Y TE LO EXPLICO TODO.

¿A QUÉ DEBO EL HONOR DE VUESTRA VISITA, SEÑOR?
COMO PUEDES APRECIAR, TENGO UN PROBLEMA DE UNIÓN. POR CULPA DE UNA INVOCACIÓN MALOGRADA, MIS POSADERAS SE HAN QUEDADO EN EL INFIERNO Y YO ESTOY AQUÍ ATRAPADO.
TE VOY A AHORRAR LOS DETALLES, PERO ME TEMO QUE NECESITO TU AYUDA PARA VOLVER AL INFIERNO.
¿Y LA JOVENCITA? ¿ES EL SACRIFICIO REQUERIDO?
NO... TENEMOS UN OBJETIVO COMÚN Y POR ESO ACUDIMOS A TI.
TENGO ENTENDIDO QUE LE VENDISTE MI ÚLTIMA PLUMA A SU TÍA.
PERO ¿POR QUÉ IBA A HACER YO TAL COSA? ME LA REGALASTEIS CUANDO ME VOLVÍ VUESTRO APÓSTOL. ES MI BIEN MÁS PRECIADO.
¿SEGURO QUE ESTÁ A BUEN RECAUDO?
SOLO HAY UNA FORMA DE AVERIGUARLO.
¡EH! ¡NO ME DEJÉIS AQUÍ SOLA!

KRRR
KRRRRRR
¡FUS!
¡FUUSS!
NORAH. ¿POR QUÉ HAS SECUESTRADO A ESE DEMONIO? LAMENTO INFORMARTE DE QUE ESTÁS DETENIDA.
TITA... DEJA QUE TE LO EXPLIQUE.
YA ES TARDE PARA ESO. TE DI LA OPORTUNIDAD DE HACERLO Y NO LA APROVECHASTE.
AHORA TENDRÁS QUE RENDIR CUENTAS ANTE EL WITCH CLUB.
ENCARGAOS DE ESTO.
SÍ, SEÑORA.
¿POR QUÉ TE EMPEÑAS EN NO CUMPLIR MIS EXPECTATIVAS? PARECE QUE BUSCAS SABOTEAR TODO LO QUE HAGO POR TI.
PERO ¿QUÉ SE SUPONE QUE ESPERAS DE MÍ? NO SÉ NI QUÉ HAGO EN LA ACADEMIA. YA SABES QUE NO TENGO PODERES, ¿POR QUÉ SIGO YENDO?

YO... ESO NO ME LO TIENES QUE REPROCHAR A MÍ. PÍDELE EXPLICACIONES A LA BRUIXA...
¿QUÉ ME ESCONDÉIS? ESTOY PASANDO EL PEOR DÍA DE MI VIDA, ESTOY A UNA REVELACIÓN MÁS DE...
NORAH, ¿A QUIÉN INTENTAS PROTEGER? SÉ QUE NO ESTABAS SOLA Y QUE ALGUIEN TE HA AYUDADO A HUIR.
¿DE QUIÉN SE TRATA? ¿ES CROWLEY, EL AUTOPROCLAMADO PAPA DEMONÍACO? ¿TIENE ALGO QUE VER CON LA DESAPARICIÓN DE MI HERMANA?
¡CONTÉSTAME, NORAH!
PUES TE HAREMOS HABLAR EN EL JUICIO.
¿HABÉIS ENCONTRADO ALGO?
NADA POR AHORA. LA SALA ESTÁ CARGADA DE ENERGÍA DEMONÍACA, HAY QUE FILTRARLA.
SEGUID, PUES. ¡YO ME ENCARGARÉ DE ELLA MIENTRAS TANTO!

LA CUEVA DE LOS MIL TESOROS... BUENA IDEA, CROWLEY.
¡AGATHO, CUÁNTO TIEMPO! ¿QUÉ ES DE TI, VIEJO HERMANO?
BAH.
LOS HUMANOS YA NO ALMACENAN TESOROS BAJO TIERRA. ASÍ QUE TENGO POCO TRABAJO.
¡TAP TAP!
DESDE QUE INVENTARON LAS CRIPTOMONEDAS, ME ABURRO...
BROUFF
¿TE CREES QUE LAS INVENTARON ELLOS...?
DEBERÍA HABERLO IMAGINADO. NO ERES MEJOR QUE TU AMIGUITO BEEZELBUB.
¿LO HAS VISTO ÚLTIMAMENTE?
SÍ, VINO A DEPOSITAR SUS ESTATUAS DE ORO...
PERO NO TIENEN VALOR. NO SON MÁS QUE SAL CUBIERTA DE UNA FINA CAPA DE ORO...
HE PERDIDO MI DON. ESTABA CONVENCIDO DE QUE LLEVABA ALGO DE VALOR ENCIMA.
ENTONCES ENTRÓ EN LA CUEVA... ¿Y SE LLEVÓ ALGO?
MMMM, NO QUE YO SEPA. PERO, POR FAVOR, COMPROBADLO VOSOTROS MISMOS.

¡MI PLUMA HA DESAPA-RECIDO!
¿CÓMO QUE «TU» PLUMA? ERA UN PRÉSTAMO, CROWLEY. NUNCA HA SIDO TUYA.
QUÉ LÁSTIMA... EL ÚLTIMO RASTRO DE MI BENEVOLENCIA PASADA, PERDIDO A MANOS DE UN TRAIDOR...
A SABER QUÉ QUIERE HAC...
¡BARBOUILLARD! ESE DIABLILLO TIENE LA RESPUESTA.
¡ÉL SABRÁ QUIÉN ANDA DETRÁS DE TODO ESTO!
¡VENGA, ARRE! CROWLEY, LLÉVAME PRESTO A VILLA-CRIATURA. ES-PEREMOS QUE NO SEA TARDE.

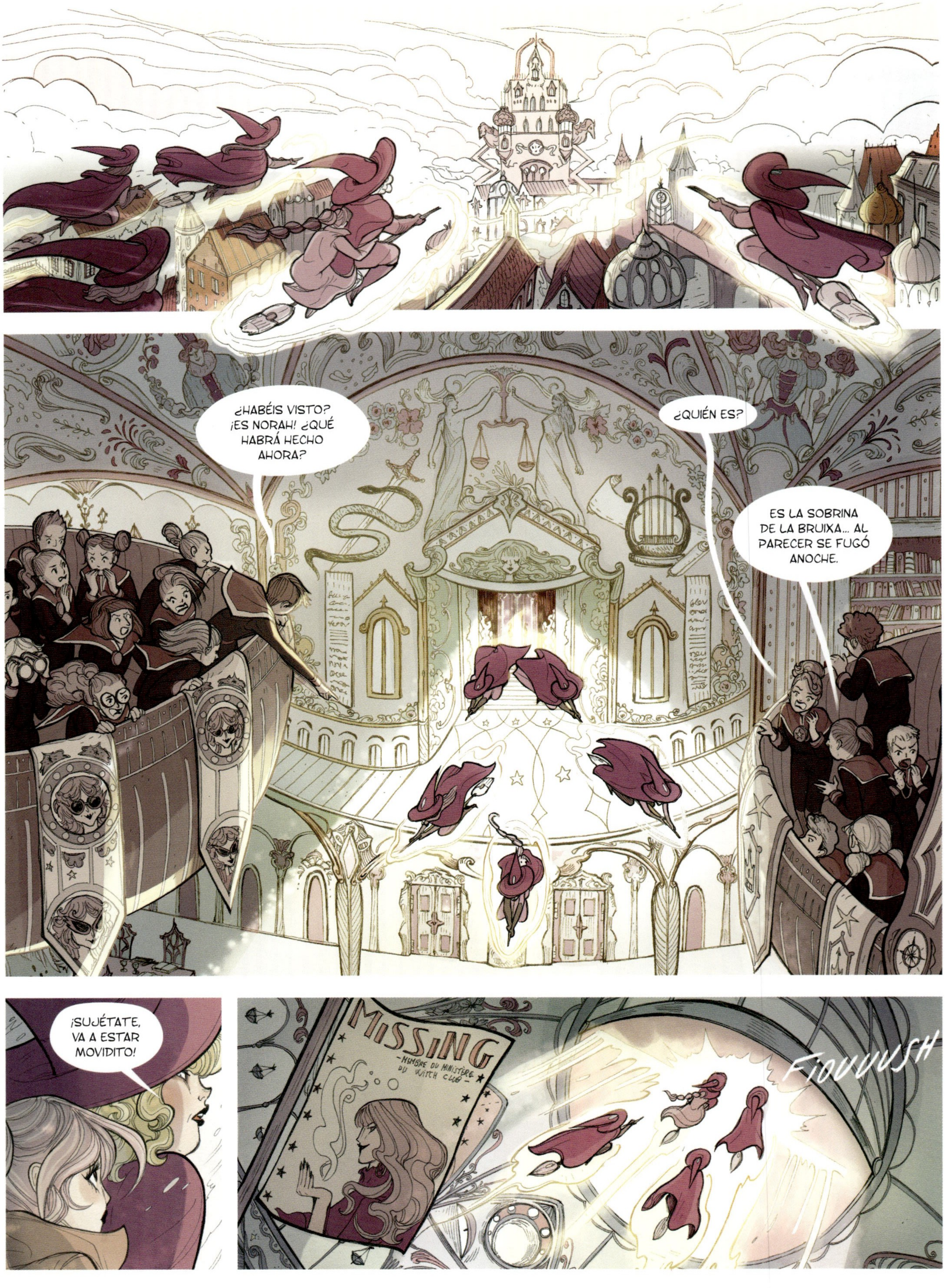
¿HABÉIS VISTO? ¡ES NORAH! ¿QUÉ HABRÁ HECHO AHORA?
¿QUIÉN ES?
ES LA SOBRINA DE LA BRUIXA... AL PARECER SE FUGÓ ANOCHE.
¡SUJÉTATE, VA A ESTAR MOVIDITO!
MISSING
FIOUUUSH

BIEN. ¡ES HORA DE DAR LA CARA ANTE EL WITCH CLUB!
Love
Pain
DESAPA
Hada
Gaya
Anthée
EN AUSENCIA DE NUESTRA PRESIDENTA DE LA SESIÓN, ASUMIRÉ SUS RESPONSABILIDADES. ¿ALGUNA DE VOSOTRAS SE OPONE?

ACABEMOS CUANTO ANTES. ¡TENGO COSAS QUE HACER!
HADA, NO SABES NI POR QUÉ ESTAMOS AQUÍ Y YA TE ESTÁS QUEJANDO... POR MI PARTE, NO VEO PROBLEMA EN QUE ANTHÉE DIRIJA LA SESIÓN.
GAYA TIENE RAZÓN. ¡NO EMPECEMOS YA A DISCUTIR!
¿POR QUÉ NO? AHORA QUE HA DESAPA-RECIDO LA BRUIXA, HABRÁ QUE IR ELIGIENDO NUEVA PRESIDENTA, ¿NO?
YA LO DEBATIREMOS CUANDO SEPAMOS QUÉ HA SIDO DE ELLA.
PUEDE QUE NORAH AQUÍ PRESENTE PUEDA DISIPAR ALGUNAS DUDAS.
AH... EH... SIGO SIN SABER QUÉ HAGO AQUÍ.
CLARO QUE SÍ... ¡VA SIENDO HORA DE QUE DIGAS LA VERDAD, NORAH!

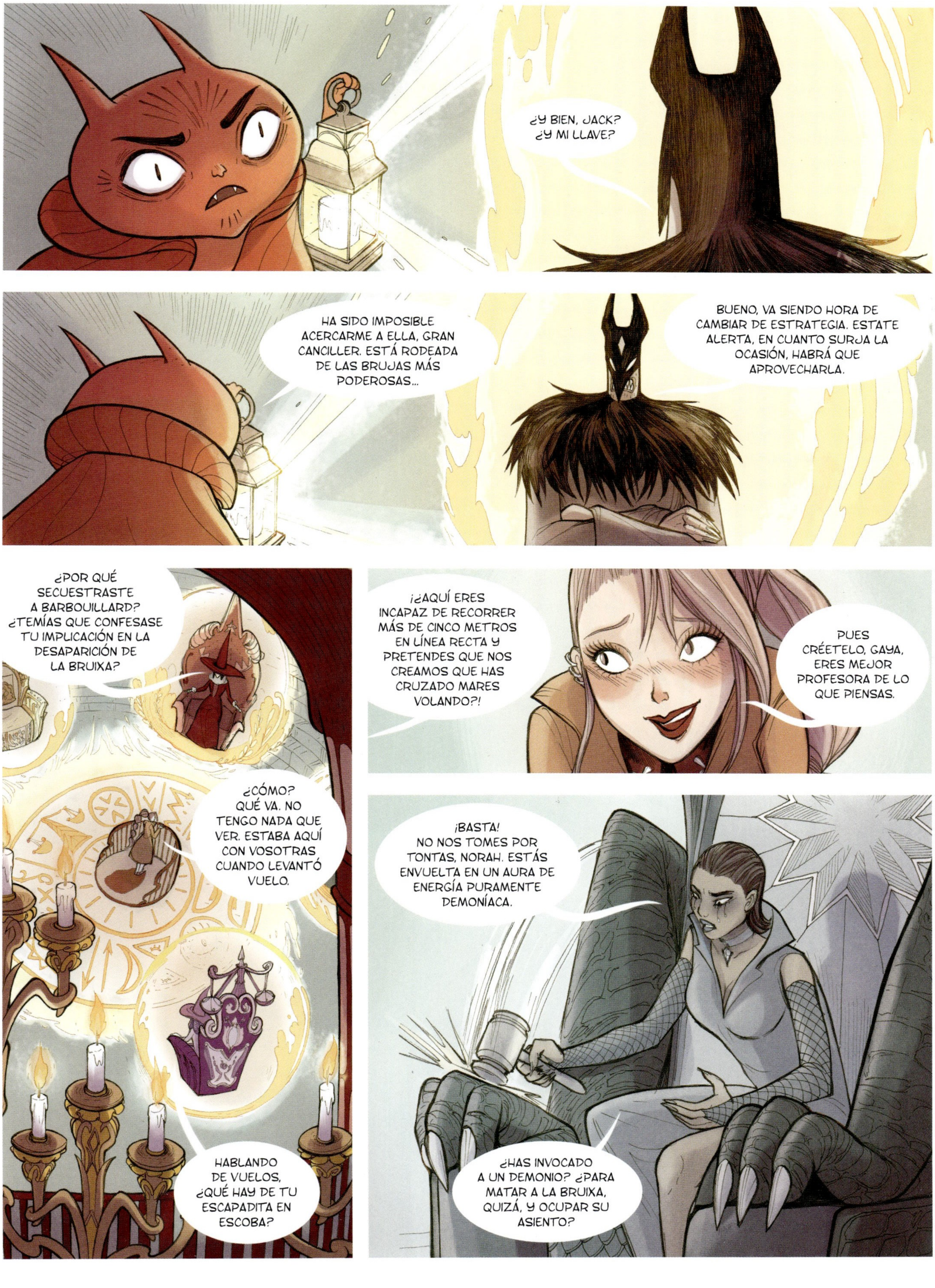
¿Y BIEN, JACK? ¿Y MI LLAVE?
HA SIDO IMPOSIBLE ACERCARME A ELLA, GRAN CANCILLER. ESTÁ RODEADA DE LAS BRUJAS MÁS PODEROSAS...
BUENO, VA SIENDO HORA DE CAMBIAR DE ESTRATEGIA. ESTATE ALERTA, EN CUANTO SURJA LA OCASIÓN, HABRÁ QUE APROVECHARLA.
¿POR QUÉ SECUESTRASTE A BARBOUILLARD? ¿TEMÍAS QUE CONFESASE TU IMPLICACIÓN EN LA DESAPARICIÓN DE LA BRUIXA?
¿CÓMO? QUÉ VA. NO TENGO NADA QUE VER. ESTABA AQUÍ CON VOSOTRAS CUANDO LEVANTÓ VUELO.
HABLANDO DE VUELOS, ¿QUÉ HAY DE TU ESCAPADITA EN ESCOBA?
¡¿AQUÍ ERES INCAPAZ DE RECORRER MÁS DE CINCO METROS EN LÍNEA RECTA Y PRETENDES QUE NOS CREAMOS QUE HAS CRUZADO MARES VOLANDO?!
PUES CRÉETELO, GAYA, ERES MEJOR PROFESORA DE LO QUE PIENSAS.
¡BASTA! NO NOS TOMES POR TONTAS, NORAH. ESTÁS ENVUELTA EN UN AURA DE ENERGÍA PURAMENTE DEMONÍACA.
¿HAS INVOCADO A UN DEMONIO? ¿PARA MATAR A LA BRUIXA, QUIZÁ, Y OCUPAR SU ASIENTO?

¡JAMÁS! ¡NUNCA LE HARÍA DAÑO A MI TÍA!
DICE LA VERDAD, SU CORAZÓN NO ESTÁ CORROMPIDO... PERO NO LOGRO ESCRUTAR SU ALMA...
PUES HABRÁ QUE PREGUNTARLE AL FAMILIAR. SI SE LO LLEVÓ DE CASA DE LA BRUIXA, ALGO TENDRÁ QUE SABER...
¡SEA! TRAEDNOS A BAR-BOUILLARD.
¡ÑIIIIC!
PERO... ¿QUÉ MALDICIÓN...? HA DESAPA-RECIDO.

TAP TAP TAP TAP TAP TAP TAP TAP TAP TAP...
ALISTAIR... ¡TUS DEDOS DE HADA NO CESAN DE SORPRENDERME!
GRACIAS, MI AMO... APRENDÍ DEL MEJOR...
¡ENCONTRADLO! ¡NO PUEDE ANDAR MUY LEJOS!
DÉJATE DE ZALAMERÍAS. ENCUENTRA UN LUGAR TRANQUILO PARA QUE INTERROGUE A NUESTRO AMIGUITO...
HE CERRADO A CAL Y CANTO TODAS LAS SALIDAS. NADIE PUEDE ESCAPAR DE CASTELDEMONIO.
KSSSSSS...
¿A QUIÉN PROTEGES, NORAH? HAY MUY POCA GENTE CAPAZ DE SECUESTRAR A UN PRISIONERO EN NUESTRAS NARICES DOS VECES EN UN MISMO DÍA... ¿QUÉ ME OCULTAS?
NO PUEDO DECIRTE NADA, TITA... SOLO QUE HAY UNA MANERA DE ENCONTRAR A LA BRUIXA, PERO TIENES QUE SOLTARME.

SEÑOR, AQUÍ ESTAREMOS A SALVO, MAS NO TARDÉIS.
NI SE TE OCURRA RESISTIRTE.
SHAAAA...
SI SABE ALGO, LO DESCUBRIRÉ AQUÍ DENTRO.
TIENE QUE HABER ALGÚN INDICIO... ¡UN MOMENTO!
¿QUÉ TENEMOS AQUÍ?

...ADUEÑARTE DE SU GRIMORIO Y ENCONTRAR LA FORMA DE LLEVAR A CABO LA INVOCACIÓN. NO OLVIDES QUE CADA INGREDIENTE DEBE AÑADIRSE EN EL ORDEN ESTABLECIDO...
NADIE PUEDE SABER QUE TRABAJAS PARA MÍ.
YA TENGO QUE ESTAR OXIDADO PARA NO DARME CUENTA DE LO QUE TRAMABA A MIS ESPALDAS.
EN CUANTO EL DIABLO ESTÉ EN LA TIERRA, SOLO HABRÁ QUE ASEGURARSE DE QUE LA LLAVE SELLE LA PUERTA DEL INFIERNO PARA QUE NO PUEDA VOLVER JAMÁS.
¿CREÍAS QUE PODÍAS ESCONDERTE?
VENGA, NO TE RESISTAS. ES UN MOMENTÍN.
ADRAMELECH CREÍA SABER DÓNDE ESTÁ LA LLAVE.
TÚ TAMBIÉN, SUPONGO. ¡EN-SÉÑAMELO!
¿NORAH?
OH, NO...

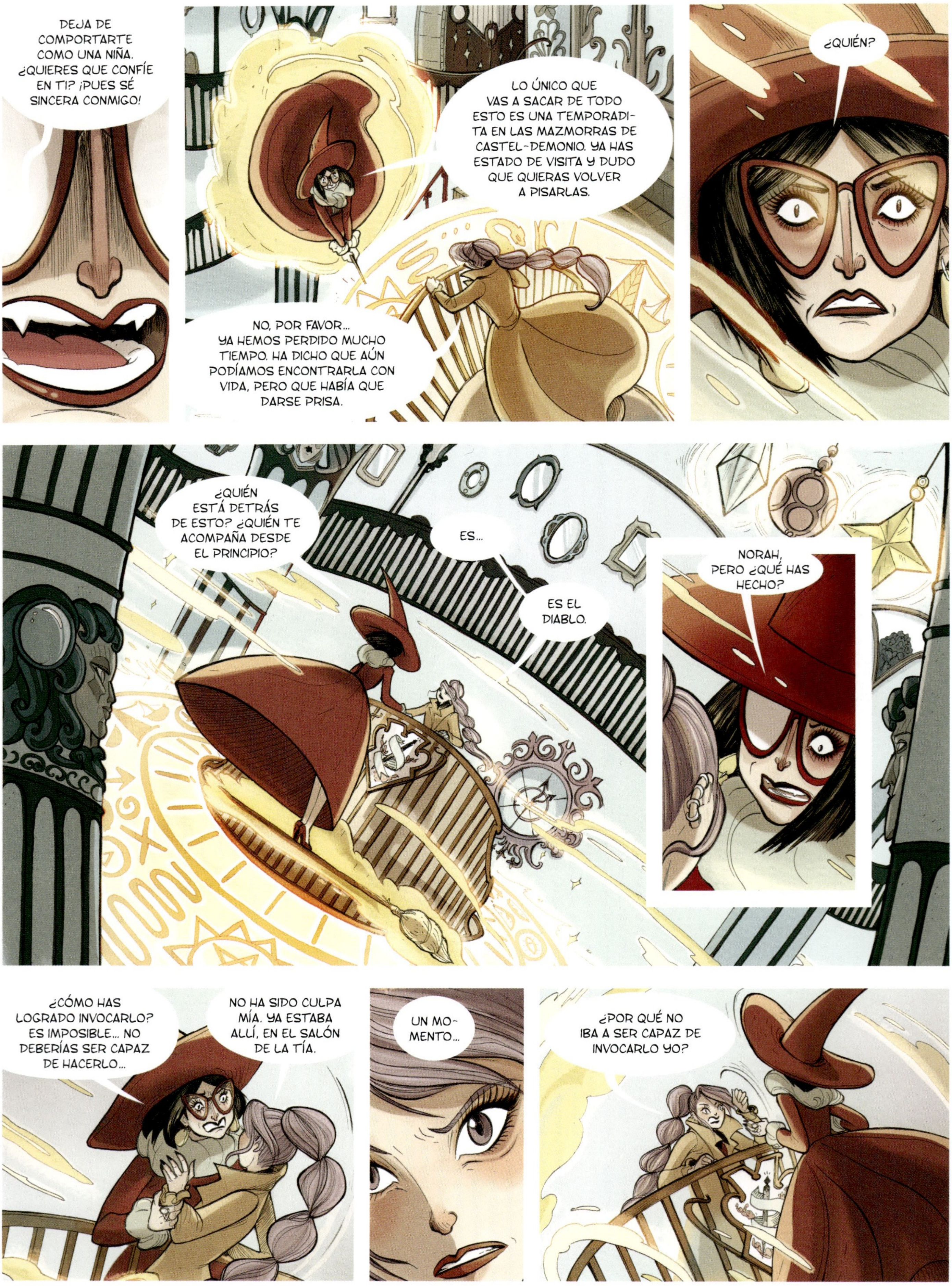
DEJA DE COMPORTARTE COMO UNA NIÑA. ¿QUIERES QUE CONFÍE EN TI? ¡PUES SÉ SINCERA CONMIGO!
LO ÚNICO QUE VAS A SACAR DE TODO ESTO ES UNA TEMPORADITA EN LAS MAZMORRAS DE CASTEL-DEMONIO. YA HAS ESTADO DE VISITA Y DUDO QUE QUIERAS VOLVER A PISARLAS.
NO, POR FAVOR... YA HEMOS PERDIDO MUCHO TIEMPO. HA DICHO QUE AÚN PODÍAMOS ENCONTRARLA CON VIDA, PERO QUE HABÍA QUE DARSE PRISA.
¿QUIÉN?
¿QUIÉN ESTÁ DETRÁS DE ESTO? ¿QUIÉN TE ACOMPAÑA DESDE EL PRINCIPIO?
ES...
ES EL DIABLO.
NORAH, PERO ¿QUÉ HAS HECHO?
¿CÓMO HAS LOGRADO INVOCARLO? ES IMPOSIBLE... NO DEBERÍAS SER CAPAZ DE HACERLO...
NO HA SIDO CULPA MÍA. YA ESTABA ALLÍ, EN EL SALÓN DE LA TÍA.
UN MOMENTO...
¿POR QUÉ NO IBA A SER CAPAZ DE INVOCARLO YO?

YA VA SIENDO HORA DE EXPLICARTE DE DÓNDE VIENES... Y POR QUÉ NO TIENES PODERES MÁGICOS.
¡FIIIIIUUUUUU!
ANTES DE ASENTARNOS AQUÍ, MI HERMANA Y YO ÉRAMOS ARTEFACTÓLOGAS: SIEMPRE ANDÁBAMOS EN BUSCA DE ANTIGÜEDADES MÁGICAS.
SEGUIMOS LA PISTA QUE NOS HABÍA DADO UN DEMONIO ARCAICO, PRESO EN EL CORAZÓN DE UN VOLCÁN.
ESA PISTA NOS GUIO A UNA LLAVE CAPAZ DE ABRIR LAS PUERTAS DE TODAS LAS DIMENSIONES.
BEEZELBUB...
LO CONOCES. VAYA... NO ES BUENA SEÑAL. ES UN MENTIROSO CUYA EXISTENCIA ES MALÉFICA.

MI HERMANA COMPRENDIÓ RÁPIDAMENTE QUE ESA LLAVE TENÍA EL PODER DE ABRIR LA PUERTA DEL INFIERNO.
EN LUGAR DE DÁRSELA A BEEZELBUB COMO NOS HABÍA ENCOMENDADO, PREFIRIÓ OCULTARLA A LA VISTA DE TODOS.
PERO... ¡SI SOY YO!
¿QUÉ SIGNIFICA? ¿NO SOY MÁS QUE UNA CÁSCARA VACÍA?
NO, TE CONCEDIÓ TODO SU AMOR Y UN CORAZÓN MARAVILLOSO, LLENO DE BONDAD Y COMPASIÓN.
NO OBSTANTE, EL RITUAL ESTABA INCOMPLETO Y NO PUDO DOTARTE DE ALMA, RAZÓN POR LA CUAL NO PUEDES APELAR A LA MAGIA.
COMO PRECIO POR ESE ENCANTAMIENTO, TUVO QUE SACRIFICAR SU DESEO DE DAR VIDA, PARA PROTEGER A TODO EL MUNDO, TÚ INCLUIDA.
PERO NO ME PIDIÓ MI OPINIÓN.

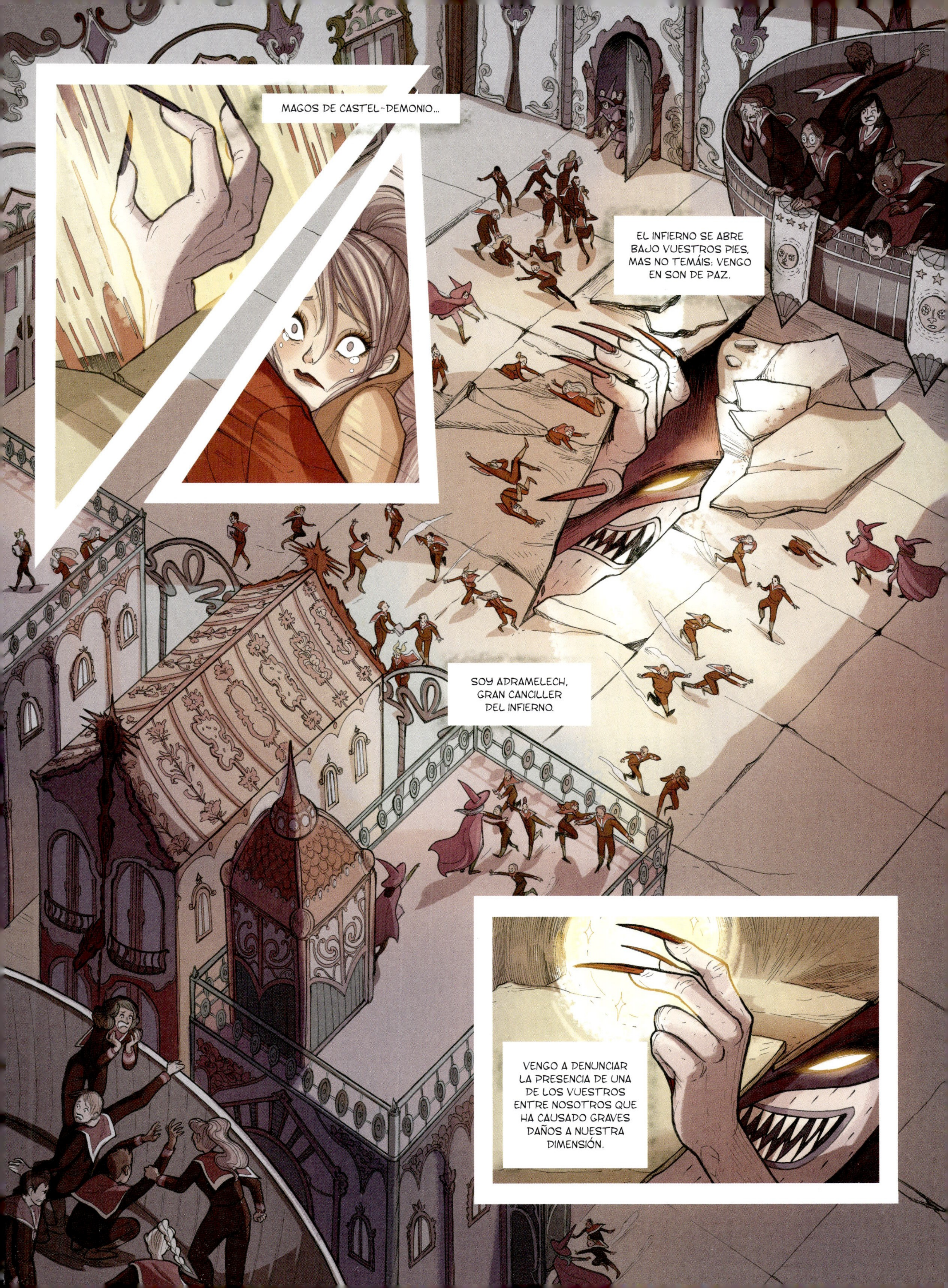
MAGOS DE CASTEL-DEMONIO...
EL INFIERNO SE ABRE BAJO VUESTROS PIES, MAS NO TEMÁIS: VENGO EN SON DE PAZ.
SOY ADRAMELECH, GRAN CANCILLER DEL INFIERNO.
VENGO A DENUNCIAR LA PRESENCIA DE UNA DE LOS VUESTROS ENTRE NOSOTROS QUE HA CAUSADO GRAVES DAÑOS A NUESTRA DIMENSIÓN.

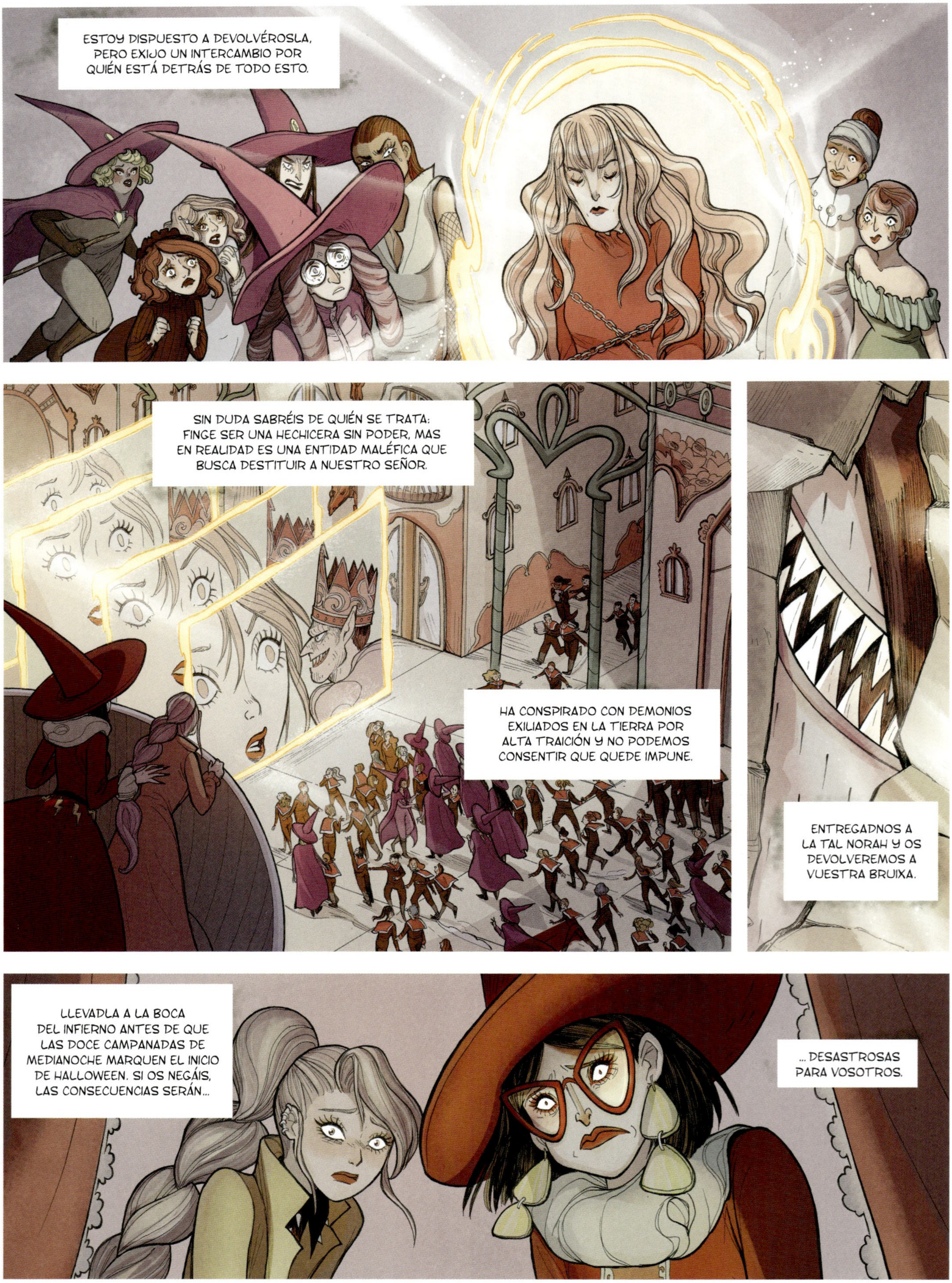
ESTOY DISPUESTO A DEVOLVÉROSLA, PERO EXIJO UN INTERCAMBIO POR QUIÉN ESTÁ DETRÁS DE TODO ESTO.
SIN DUDA SABRÉIS DE QUIÉN SE TRATA: FINGE SER UNA HECHICERA SIN PODER, MAS EN REALIDAD ES UNA ENTIDAD MALÉFICA QUE BUSCA DESTITUIR A NUESTRO SEÑOR.
HA CONSPIRADO CON DEMONIOS EXILIADOS EN LA TIERRA POR ALTA TRAICIÓN Y NO PODEMOS CONSENTIR QUE QUEDE IMPUNE.
ENTREGADNOS A LA TAL NORAH Y OS DEVOLVEREMOS A VUESTRA BRUIXA.
LLEVADLA A LA BOCA DEL INFIERNO ANTES DE QUE LAS DOCE CAMPANADAS DE MEDIANOCHE MARQUEN EL INICIO DE HALLOWEEN. SI OS NEGÁIS, LAS CONSECUENCIAS SERÁN...
... DESASTROSAS PARA VOSOTROS.

VEN, HAY QUE DARSE PRISA.
¡MENUDO ESCÁNDALO!
¡NADA DE IMPLICACIONES CON DEMONIOS!
¡ENTREGADLA!
¡AHÍ ESTÁ!
¡ES UNA TRAIDORA!
¡HAN LEVANTADO EL SELLO! ¡VAMOS!
FLASSHHH!
¿ADÓNDE CREÉIS QUE VAIS?
HADA, APARTA DE MI CAMINO O...
¿O QUÉ?

MI VALIENTE CROWLEY, ESTA VEZ, NO SÉ CÓMO VAMOS A SALIR DE ESTA.
YUHUUU
WOW
AAAH!
WOWW!
WAAAAW
OUIII
AAAAW
CLAP CLAP
CLAP
CLAP CLAP CLAP CLAP!

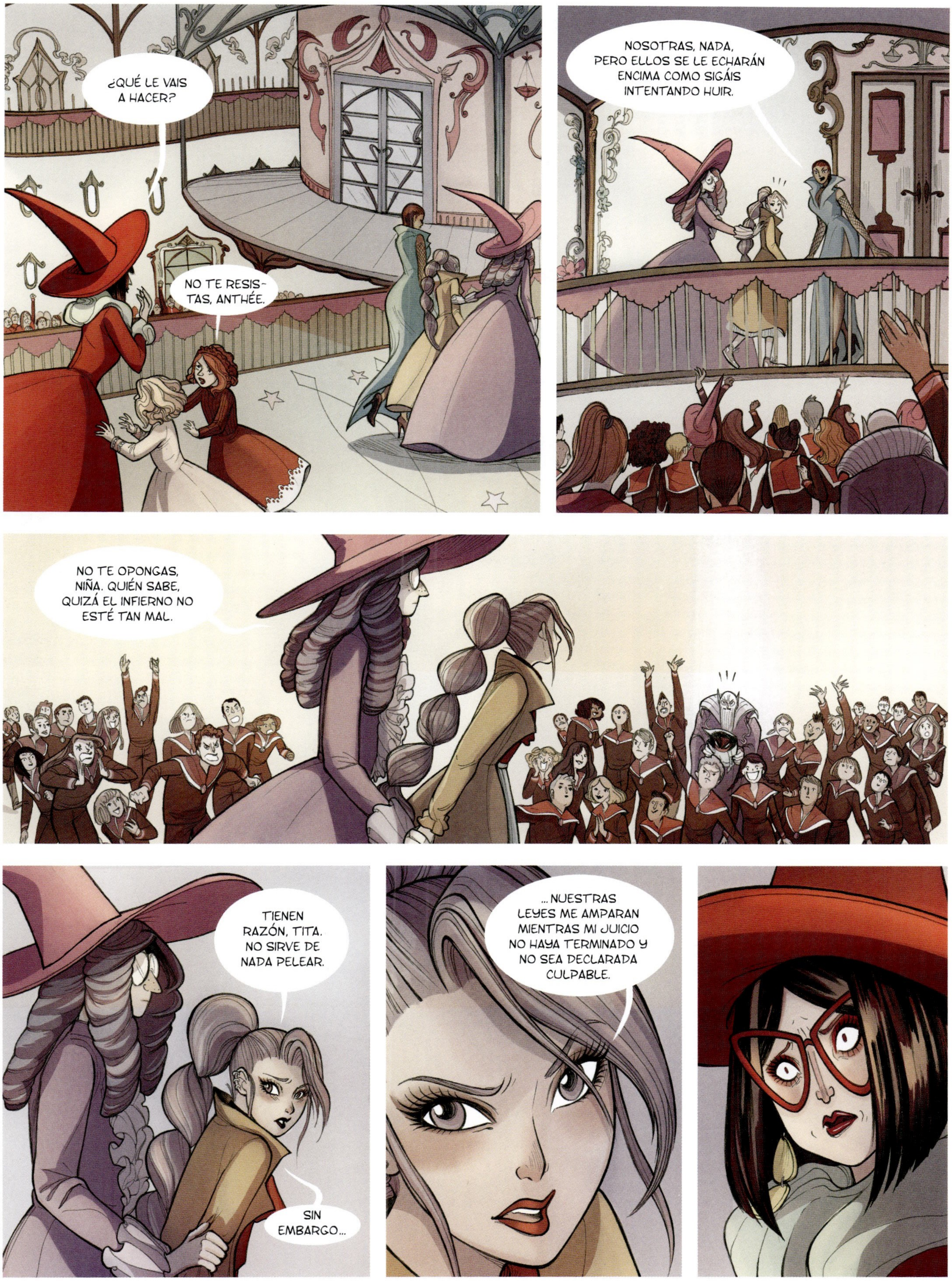
¿QUÉ LE VAIS A HACER?
NO TE RESISTAS, ANTHÉE.
NOSOTRAS, NADA, PERO ELLOS SE LE ECHARÁN ENCIMA COMO SIGÁIS INTENTANDO HUIR.
NO TE OPONGAS, NIÑA. QUIÉN SABE, QUIZÁ EL INFIERNO NO ESTÉ TAN MAL.
TIENEN RAZÓN, TITA. NO SIRVE DE NADA PELEAR.
SIN EMBARGO...
... NUESTRAS LEYES ME AMPARAN MIENTRAS MI JUICIO NO HAYA TERMINADO Y NO SEA DECLARADA CULPABLE.

A RAÍZ DE SU COMPLICIDAD EN EL INTENTO DE EVASIÓN DE NORAH, ANTHÉE NO TIENE AUTORIZACIÓN PARA PRESIDIR ESTE JUICIO.
NO PERDAMOS MÁS TIEMPO. ACUSADA, ¿QUÉ TIENES QUE DECIR EN TU DEFENSA?
¿DE QUÉ SE ME ACUSA EXACTAMENTE? ¿DEL SECUESTRO DE BARBOUILLARD O DE LAS ACUSACIONES DE ADRAMELECH?
EN CUALQUIER CASO, NO CREO SER CULPABLE DE LO QUE ME...
OÍDME, HECHICERA, SABÉIS QUIÉN SOY, ¿NO ES ASÍ?
BIEN. AMBOS SOMOS CONSCIENTES DE QUE ESTE JUICIO ES UNA FARSA.
APENAS QUEDA TIEMPO PARA SALVAR A LA CHIQUILLA. TENGO UN PLAN, PERO NECESITO VUESTRA AYUDA.
ACUSADA, EL WITCH CLUB CONSIDERA TUS ARGUMENTOS INADMISIBLES. TE CONDENAMOS AL EXILIO EN EL INFIERNO.
HAY QUE SALIR DE AQUÍ. ¡SEGUIDME!

¡COMETÉIS UN GRAVE ERROR! ¿DE VERDAD CREÉIS LAS CHORRADAS DE ADRAMELECH?
¡SILENCIO!
DE TODAS FORMAS, ESTARÁS MEJOR ALLÍ, DEMONIO. ESTE NUNCA HA SIDO TU SITIO.
TAMPOCO EL TUYO. ESTE TAMPOCO ERA TU SITIO, HADA...
PERO BIEN QUE TE ACOGIMOS.
ESO NO TIENE NADA QUE VER. APARTA, ANTHÉE, NO ME TIENTES.
NO ME DEJAS OTRA OPCIÓN.
¡AHORA, CROWLEY!
FUERZAS TELÚRICAS, TECHO FEBRIL, CAÍDA Y PÁNICO, RESISTIRSE ES FÚTIL.
¡ZAM!
AAAAAH
¡¡FLASH!!

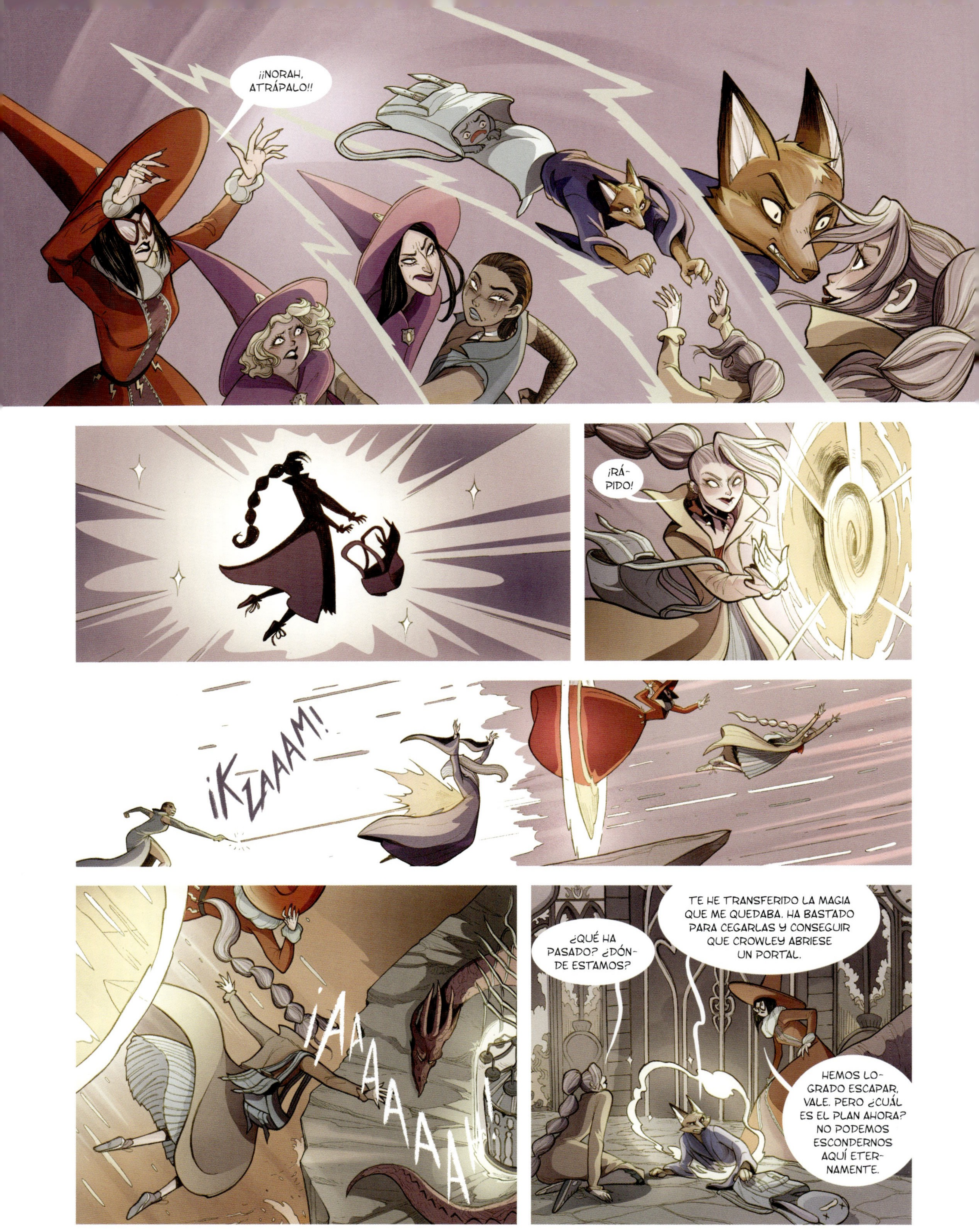
¡¡NORAH, ATRÁPALO!!
¡RÁ-PIDO!
¡KZAAAM!
¡AAAAAAAA!
¿QUÉ HA PASADO? ¿DÓN-DE ESTAMOS?
TE HE TRANSFERIDO LA MAGIA QUE ME QUEDABA. HA BASTADO PARA CEGARLAS Y CONSEGUIR QUE CROWLEY ABRIESE UN PORTAL.
HEMOS LO-GRADO ESCAPAR, VALE. PERO ¿CUÁL ES EL PLAN AHORA? NO PODEMOS ESCONDERNOS AQUÍ ETER-NAMENTE.

LA VERDAD ES QUE NO TENGO NI IDEA. ADRAMELECH ME LA HA JUGADO BIEN. HAY QUE RECONOCERLO, ES UN CHAVAL MUY MINUCIOSO. LO TENÍA TODO PENSADO...
...SALVO LA INVOCACIÓN MALOGRADA DE BARBOUILLARD.
SIN ESE GOLPE DE SUERTE, ME HABRÍA QUEDADO PRESO AQUÍ PARA TODA LA ETERNIDAD.
NO ME IMPORTAN LO MÁS MÍNIMO VUESTROS ASUNTOS...
...ASÍ QUE, O HACÉIS UN DEPÓSITO O UN EXTRACTO, O TENDRÉ QUE PEDIROS QUE OS MARCHÉIS. YA CONOCÉIS LAS REGLAS, SEÑOR.
SÍ, LAS DICTÉ YO MISMO. COMO TODAS LAS REGLAS DEL INFIERNO...
¡PUES CLARO! NORAH, TIENES QUE...
¿QUÉ TE PASA, NIÑA?
¿QUÉ NO ME PASA?
ME HAN TRAICIONADO MIS TÍAS, ME HA POSEÍDO EL DIABLO, ME HA CONDENADO A MUERTE UNA MUCHEDUMBRE RABIOSA Y HE DESCUBIERTO QUE NO SOY MÁS QUE UN OBJETO DESECHABLE UNA VEZ USADO. ¿CÓMO QUIERES QUE ME LO TOME?

¡AY! MI NORITA... NO SABES CUÁNTO LO SIENTO... MI HERMANA Y YO SOLO QUERÍAMOS PROTEGERTE. ESTO ERA PRECISAMENTE LO QUE QUERÍAMOS EVITAR. ERA PARA QUE NADIE SE HICIESE CON LA LLAVE DEL INFIERNO.
JA JA JA JA JA JA
PERDONADME, PERO TODO ESTO ES DE LO MÁS GROTESCO.
¿TE HACE GRACIA?
¡ES MI VIDA! TÚ TIENES LA CULPA DE QUE ESTEMOS ASÍ.
CÓMO NO: PARA VARIAR, ME VAN A CARGAR CON TODOS LOS MALES DEL MUNDO. MIRA, NORAH, SI TE CONSUELA, NO ERES LA LLAVE DEL INFIERNO.
PERO... YO... ANTHÉE HA DICHO...
NADIE SABE LA VERDAD SALVO YO. DIGAMOS QUE HICE CORRER UN RUMOR. TODO ESE ROLLO DE LA LLAVE SE VOLVERÍA EN CONTRA DE QUIEN INTENTARA USARLA.
¡EXPLÍCATE! NO ENTIENDO NADA... ¿QUÉ SOY?
ERES MI ÚLTIMA GOTA DE BONDAD. ERES LA PRUEBA DE QUE ANTAÑO FUI UN ÁNGEL. ERES MI ESENCIA DIVINA.

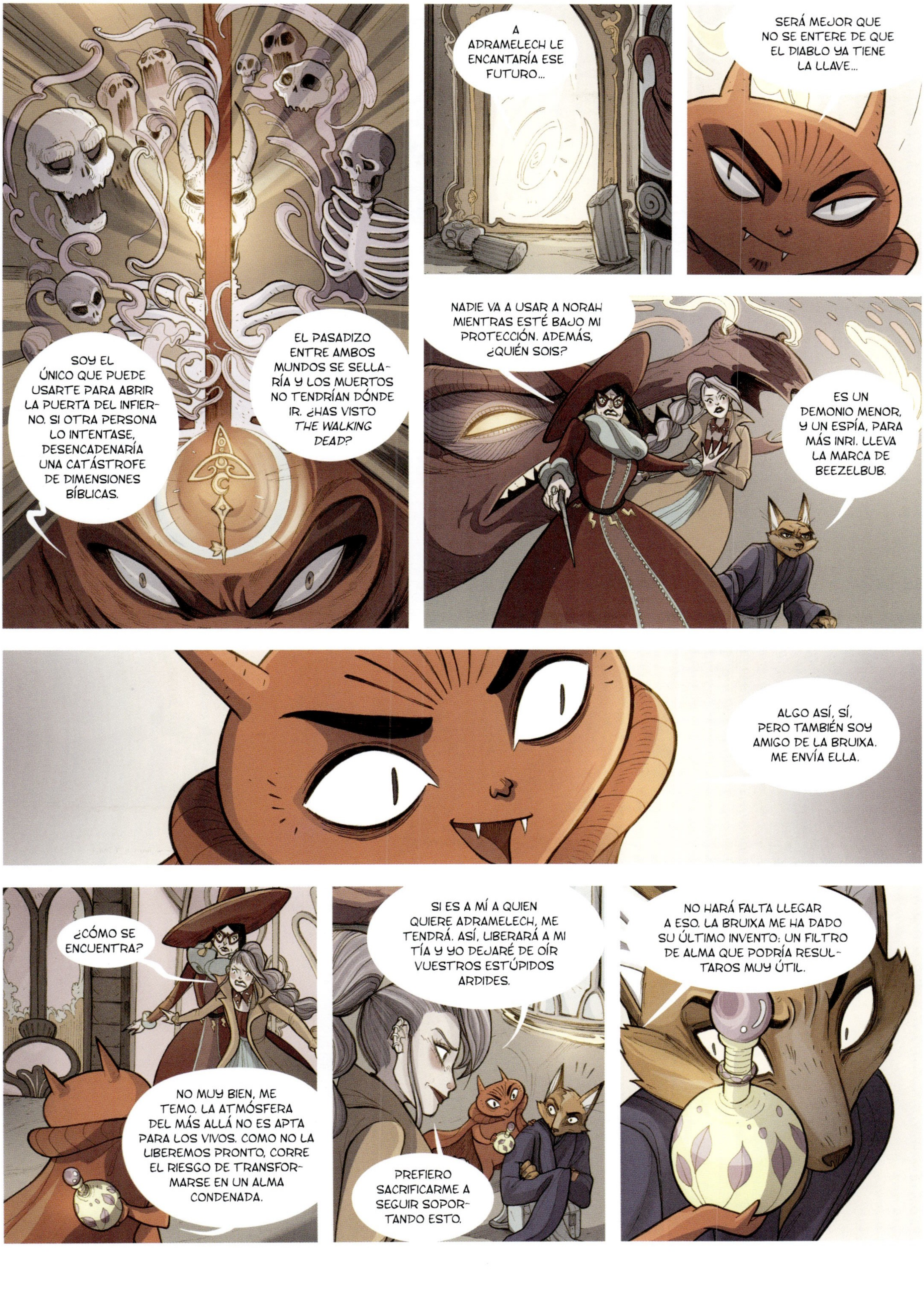
SOY EL ÚNICO QUE PUEDE USARTE PARA ABRIR LA PUERTA DEL INFIERNO. SI OTRA PERSONA LO INTENTASE, DESENCADENARÍA UNA CATÁSTROFE DE DIMENSIONES BÍBLICAS.
EL PASADIZO ENTRE AMBOS MUNDOS SE SELLARÍA Y LOS MUERTOS NO TENDRÍAN DÓNDE IR. ¿HAS VISTO *THE WALKING DEAD*?
A ADRAMELECH LE ENCANTARÍA ESE FUTURO...
SERÁ MEJOR QUE NO SE ENTERE DE QUE EL DIABLO YA TIENE LA LLAVE...
NADIE VA A USAR A NORAH MIENTRAS ESTÉ BAJO MI PROTECCIÓN. ADEMÁS, ¿QUIÉN SOIS?
ES UN DEMONIO MENOR, Y UN ESPÍA, PARA MÁS INRI. LLEVA LA MARCA DE BEEZELBUB.
ALGO ASÍ, SÍ, PERO TAMBIÉN SOY AMIGO DE LA BRUIXA. ME ENVÍA ELLA.
¿CÓMO SE ENCUENTRA?
NO MUY BIEN, ME TEMO. LA ATMÓSFERA DEL MÁS ALLÁ NO ES APTA PARA LOS VIVOS. COMO NO LA LIBEREMOS PRONTO, CORRE EL RIESGO DE TRANSFORMARSE EN UN ALMA CONDENADA.
SI ES A MÍ A QUIEN QUIERE ADRAMELECH, ME TENDRÁ. ASÍ, LIBERARÁ A MI TÍA Y YO DEJARÉ DE OÍR VUESTROS ESTÚPIDOS ARDIDES.
PREFIERO SACRIFICARME A SEGUIR SOPORTANDO ESTO.
NO HARÁ FALTA LLEGAR A ESO. LA BRUIXA ME HA DADO SU ÚLTIMO INVENTO: UN FILTRO DE ALMA QUE PODRÍA RESULTAROS MUY ÚTIL.

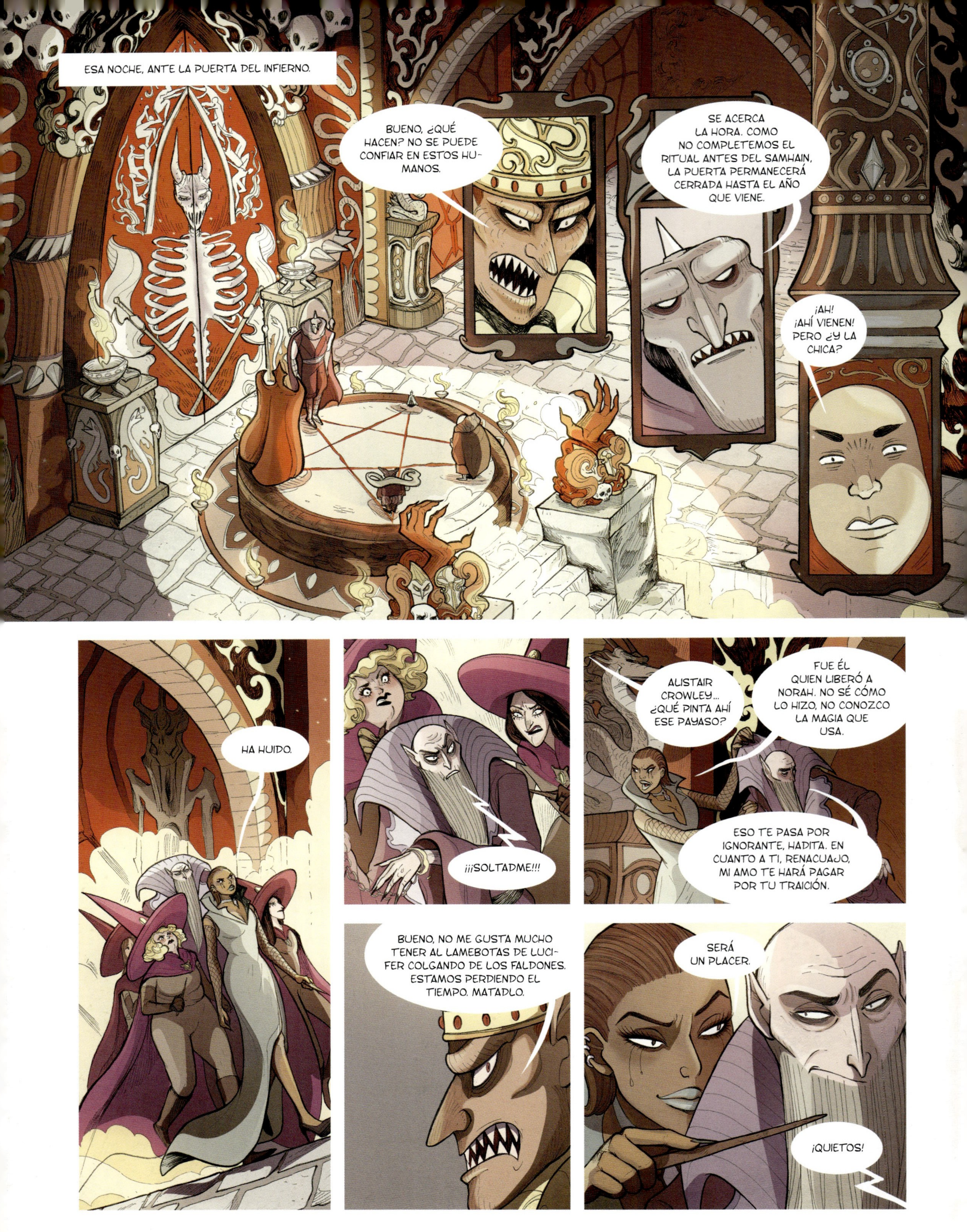

ESA NOCHE, ANTE LA PUERTA DEL INFIERNO.
BUENO, ¿QUÉ HACEN? NO SE PUEDE CONFIAR EN ESTOS HUMANOS.
SE ACERCA LA HORA. COMO NO COMPLETEMOS EL RITUAL ANTES DEL SAMHAIN, LA PUERTA PERMANECERÁ CERRADA HASTA EL AÑO QUE VIENE.
¡AH! ¡AHÍ VIENEN! PERO ¿Y LA CHICA?
HA HUIDO.
¡¡¡SOLTADME!!!
ALISTAIR CROWLEY... ¿QUÉ PINTA AHÍ ESE PAYASO?
FUE ÉL QUIEN LIBERÓ A NORAH. NO SÉ CÓMO LO HIZO, NO CONOZCO LA MAGIA QUE USA.
ESO TE PASA POR IGNORANTE, HADITA. EN CUANTO A TI, RENACUAJO, MI AMO TE HARÁ PAGAR POR TU TRAICIÓN.
BUENO, NO ME GUSTA MUCHO TENER AL LAMEBOTAS DE LUCIFER COLGANDO DE LOS FALDONES. ESTAMOS PERDIENDO EL TIEMPO. MATADLO.
SERÁ UN PLACER.
¡QUIETOS!

¡CÁLLATE, HUMANA! ¿CÓMO OSAS INTERRUMPIR A UN DEMONIO MAYOR?
¿ESTA ES LA LLAVE? ¡SI LO LLEGO A SABER ESTA MAÑANA, NO HABRÍMOS PERDIDO TANTO TIEMPO!
LE VAMOS A DAR SU MERECIDO.
AHORA QUE YA ESTÁ AQUÍ, QUE DÉ COMIENZO EL RITUAL ANTES DE QUE SEA TARDE.
¿SEGURO QUE ES BUENA IDEA?
CHITÓN. NO VAYAN A DUDAR DE NOSOTROS.

¡TITA!
¡NORAH, NO! ¡VETE!
NI UNA PALABRA MÁS, BRUJA.
JACK, UN TRABAJO SOBERBIO. HAS CUMPLIDO TU MISIÓN. EL PUESTO DE GRAN CANCILLER ACABA DE QUEDAR VACANTE, SI TE INTERESA.
GRACIAS, MONSEÑOR, ES MÁS DE LO QUE ESPERABA.

¡CLAC!
EN CUANTO A VOSOTROS, AMIGOS MÍOS, NO SÉ CÓMO EXPRESAROS MI GRATITUD...
¡TRAICIÓN!
SCHLI!!!ING!!
¡ADRAMELECH, SUCIO EMBUSTERO! NO DEBIMOS CONFIAR EN UN TREPA COMO TÚ.
¿DE VERDAD PENSABAIS QUE OS DEJARÍA VOLVER? EN CUANTO CIERRE DEFINITIVAMENTE LA PUERTA DETRÁS DE MÍ, OS QUEDARÉIS AQUÍ PARA TODA LA ETERNIDAD. ¡EL INFIERNO SERÁ SOLO MÍO!
AHORA, SÍGUEME Y NO INTENTES HUIR.
NO PRETENDO HACERLO. SOLO ESPERO A QUE CUMPLÁIS VUESTRA PARTE DEL TRATO.
AH, SÍ... ¡ESO!
NO TE PREOCUPES POR MÍ. TODO SALDRÁ BIEN.
HORA DE IRSE. CERREMOS PARA SIEMPRE ESTE PASO QUE UNE NUESTROS MUNDOS.
QUERIDA, SENTÍOS HONRADA DE CUMPLIR VUESTRO DESTINO.

ME HABRÍA GUSTADO TENER TIEMPO PARA CONOCEROS, SIN EMBARGO...
HACED LO QUE TENGÁIS QUE HACER, PERO NO ME DIRIJÁIS MÁS LA PALABRA. SI SON MIS ÚLTIMOS MOMENTOS, PREFIERO NO PASARLOS CON ESA VOZ HORRIBLE TALADRÁNDOME LOS OÍDOS.
GRRRR
¡VAMOS!
FIIIIIIIIIIIT

PERO ¿QUÉ...?
¡ATRÁPALO!
LUCIFER, TE ENTREGO MI ALMA.

¿Y AHORA?
AHORA VUELVO AL LUGAR QUE ME PERTENECE Y ME VENGO DE ADRA-MELECH Y DE TODA ESA PANDA DE TRAIDORES.
¡TODO GIRA ENTORNO A TI! ¿QUÉ HAY DE MIS TÍAS, MI FAMILIA, LOS HABITANTES DE VILLA-CRIATURA? ¿QUÉ SERÁ DE ELLOS?
SIEMPRE ANTEPONIENDO A LOS DEMÁS A TI MISMA, ¿NO? ¡POR ESO ME DESHICE DE TI Y TE DEJÉ EN LA TIERRA! ES IMPOSIBLE LEVANTAR UN IMPERIO CON EMPATÍA.
¡MÍRATE! ¿EN QUÉ TE HA BENE-FICIADO? NO TIENES MÁS QUE ENEMIGOS O SÚBDITOS ATEMORIZADOS. TODO EL MUNDO QUIERE VERTE DESAPARECER.
HE APRENDIDO A CONOCERTE Y CREO QUE LO QUE BUSCAS ES...
¿AMOR? ¿ESO ES LO QUE IBAS A DECIR? ¡JA, JA, JA!
SÍ.

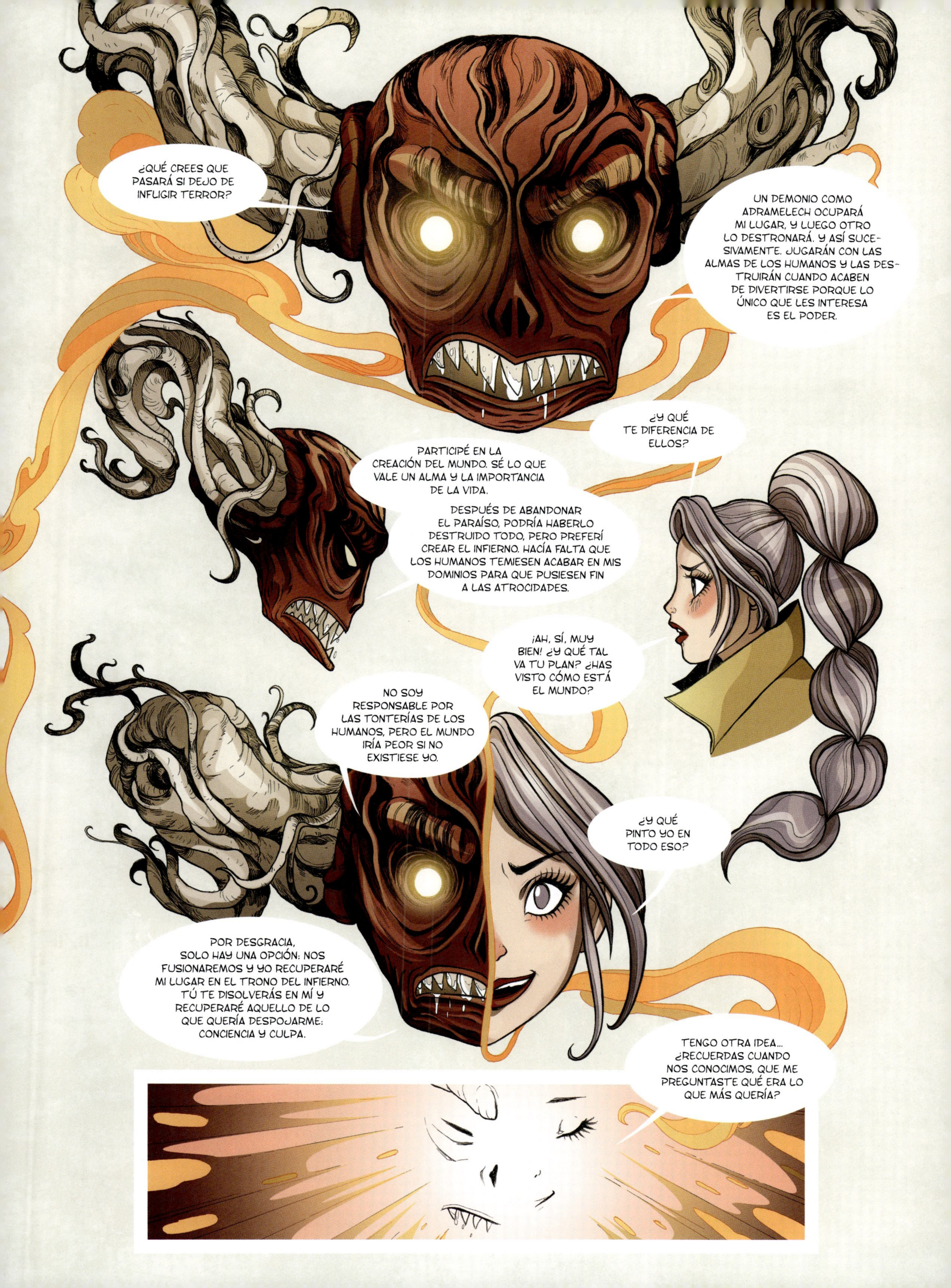
¿QUÉ CREES QUE PASARÁ SI DEJO DE INFLIGIR TERROR?
UN DEMONIO COMO ADRAMELECH OCUPARÁ MI LUGAR, Y LUEGO OTRO LO DESTRONARÁ. Y ASÍ SUCE-SIVAMENTE. JUGARÁN CON LAS ALMAS DE LOS HUMANOS Y LAS DES-TRUIRÁN CUANDO ACABEN DE DIVERTIRSE PORQUE LO ÚNICO QUE LES INTERESA ES EL PODER.
¿Y QUÉ TE DIFERENCIA DE ELLOS?
PARTICIPÉ EN LA CREACIÓN DEL MUNDO. SÉ LO QUE VALE UN ALMA Y LA IMPORTANCIA DE LA VIDA.
DESPUÉS DE ABANDONAR EL PARAÍSO, PODRÍA HABERLO DESTRUIDO TODO, PERO PREFERÍ CREAR EL INFIERNO. HACÍA FALTA QUE LOS HUMANOS TEMIESEN ACABAR EN MIS DOMINIOS PARA QUE PUSIESEN FIN A LAS ATROCIDADES.
¡AH, SÍ, MUY BIEN! ¿Y QUÉ TAL VA TU PLAN? ¿HAS VISTO CÓMO ESTÁ EL MUNDO?
NO SOY RESPONSABLE POR LAS TONTERÍAS DE LOS HUMANOS, PERO EL MUNDO IRÍA PEOR SI NO EXISTIESE YO.
¿Y QUÉ PINTO YO EN TODO ESO?
POR DESGRACIA, SOLO HAY UNA OPCIÓN: NOS FUSIONAREMOS Y YO RECUPERARÉ MI LUGAR EN EL TRONO DEL INFIERNO. TÚ TE DISOLVERÁS EN MÍ Y RECUPERARÉ AQUELLO DE LO QUE QUERÍA DESPOJARME: CONCIENCIA Y CULPA.
TENGO OTRA IDEA... ¿RECUERDAS CUANDO NOS CONOCIMOS, QUE ME PREGUNTASTE QUÉ ERA LO QUE MÁS QUERÍA?

OH, NO...
SILENCIO, GUSANO.
SEÑOR, NO ERA MÁS QUE UNA BROMA. SOLO QUERÍA...
AL MENOS NOS HEMOS DI-VERTIDO LO QUE HA DURADO...
¡PIEDAD!
AHORA ME TOCA A MÍ.
ESPERO QUE HAYÁIS DISFRUTADO VUESTRA ESTANCIA EN LA TIERRA PORQUE VAIS A ESTAR UN BUEN RATO SIN VER LA LUZ DEL SOL.

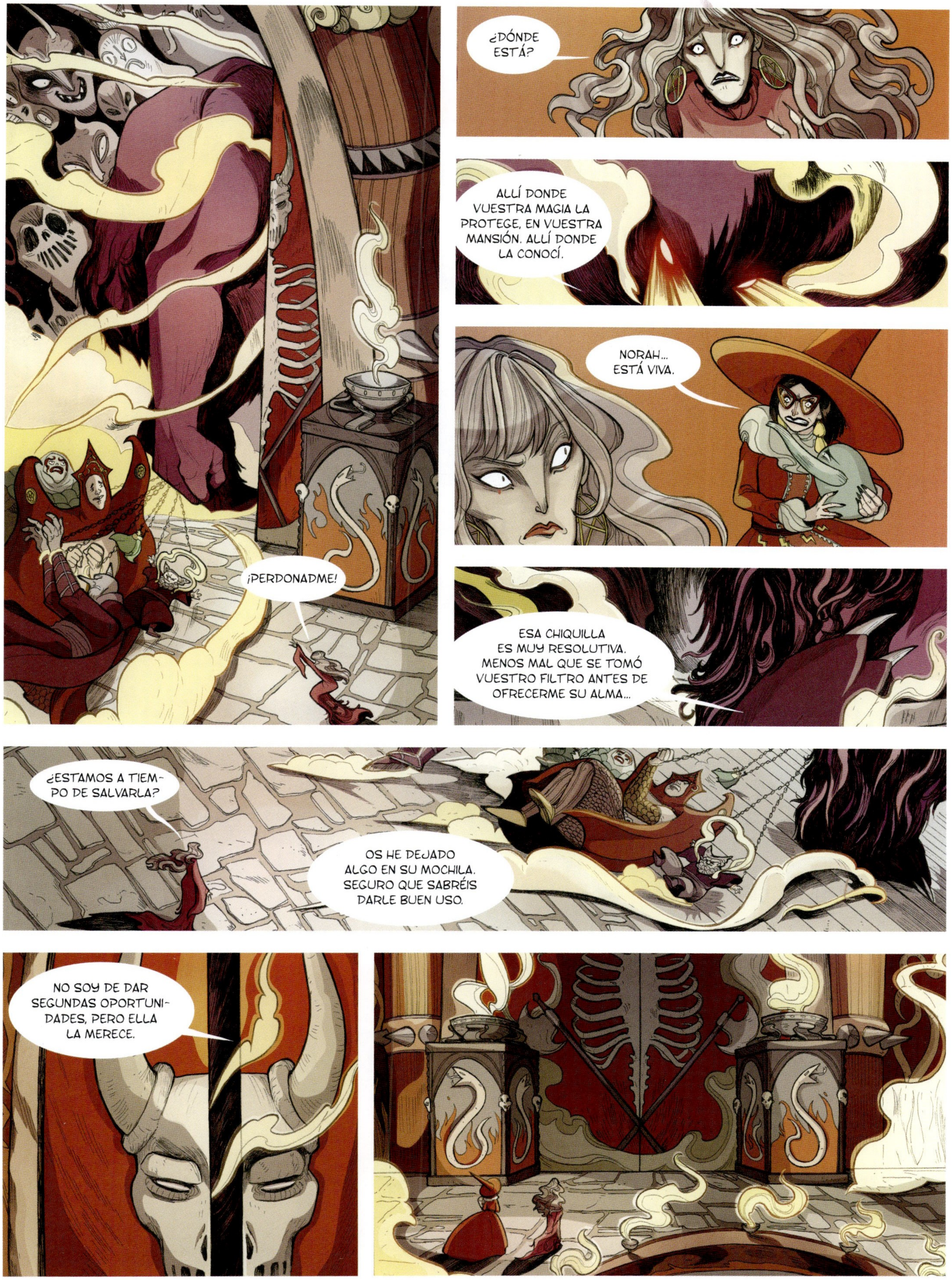
¡PERDONADME!
¿DÓNDE ESTÁ?
ALLÍ DONDE VUESTRA MAGIA LA PROTEGE, EN VUESTRA MANSIÓN. ALLÍ DONDE LA CONOCÍ.
NORAH... ESTÁ VIVA.
ESA CHIQUILLA ES MUY RESOLUTIVA. MENOS MAL QUE SE TOMÓ VUESTRO FILTRO ANTES DE OFRECERME SU ALMA...
¿ESTAMOS A TIEMPO DE SALVARLA?
OS HE DEJADO ALGO EN SU MOCHILA. SEGURO QUE SABRÉIS DARLE BUEN USO.
NO SOY DE DAR SEGUNDAS OPORTUNIDADES, PERO ELLA LA MERECE.

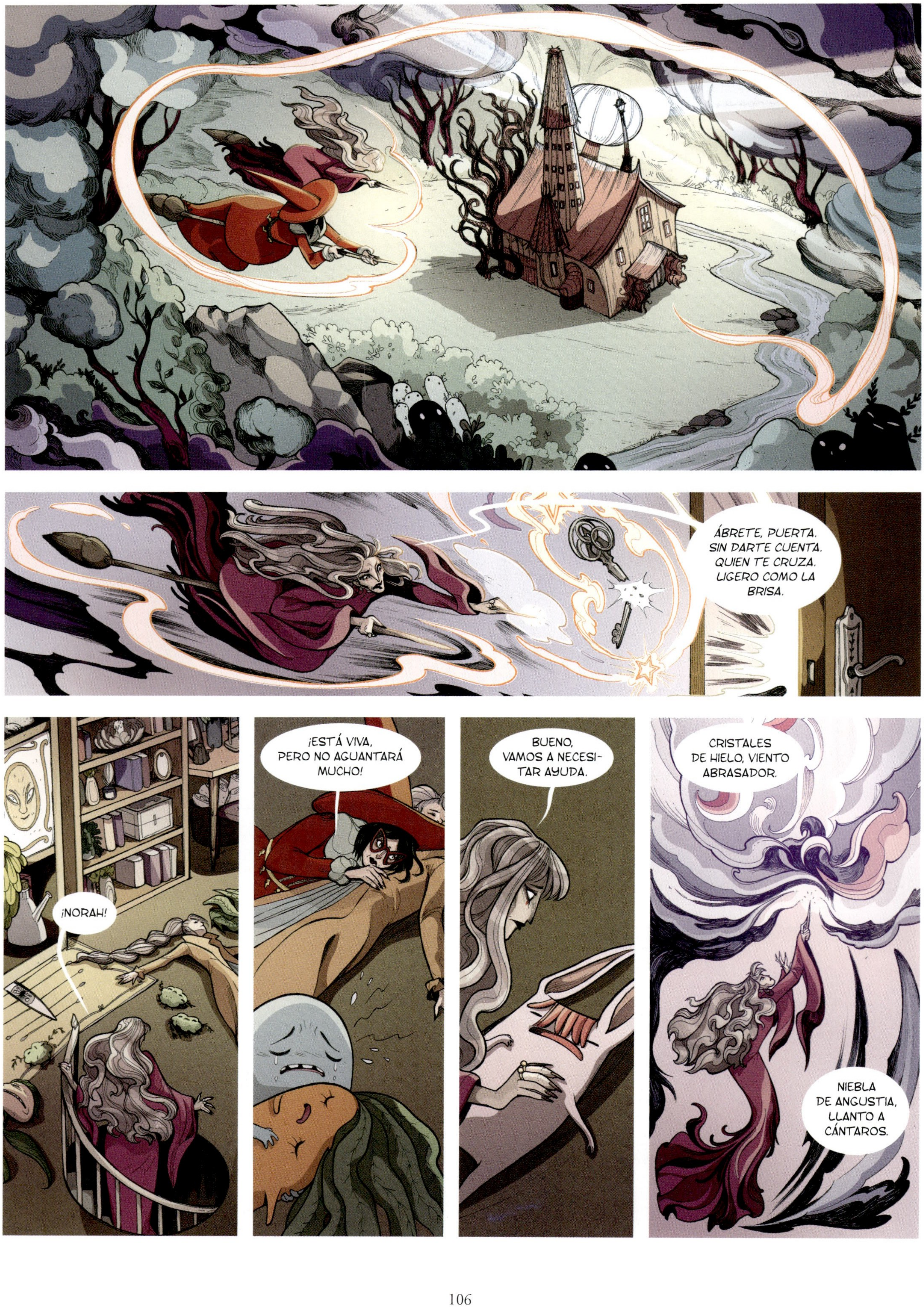
ÁBRETE, PUERTA. SIN DARTE CUENTA. QUIEN TE CRUZA. LIGERO COMO LA BRISA.
¡NORAH!
¡ESTÁ VIVA, PERO NO AGUANTARÁ MUCHO!
BUENO, VAMOS A NECESI-TAR AYUDA.
CRISTALES DE HIELO, VIENTO ABRASADOR.
NIEBLA DE ANGUSTIA, LLANTO A CÁNTAROS.

AMIGOS MÍOS, SÉ QUE ES MUCHO PEDIR DESPUÉS DE HABEROS ABANDONADO TANTO TIEMPO, PERO ¡NECESITO VUESTRA AYUDA PARA SALVAR A NORAH!
DEPRISA, ME HARÁN FALTA ESTOS INGREDIENTES.
LÁGRIMAS DE HADA Y DIENTE DE IGUANA, ALGUNAS HOJAS DE TÉ Y UNA BRIZNA DE OLA DEL ALMA.
UNA PIZCA DE SALES ETERNAS, SAVIA DE GINKGO... Y UNA GOTA DE AGUA DE JUVENCIA.
¡GÓLEM, TE NECESITO!
TRANSFÓRMATE EN BAÑERA.

GRACIAS, PEQUEÑUELOS. ¡OS LO DEBO TODO!
¿Y AHORA? ¿SEGURO QUE FUNCIONARÁ?
HERMANA, SIEMPRE TE PREOCUPAS DEMASIADO. NO PUEDO ASEGURARLO PORQUE LA MAGIA ES COMO LA VIDA: ESTÁ LLENA DE INCERTIDUMBRES, PERO NO HAY MÁS REMEDIO QUE CONFIAR...
PERO... ¿ESO ES LO QUE CREO QUE ES?
SÍ, EL DIABLO NOS HA OFRECIDO LO MEJOR Y LO PEOR DE SÍ MISMO PARA SALVARLE LA VIDA A NORAH.
HA LLEGADO EL MOMENTO DE ACABAR EL RITUAL.
CUERNO DEL DIABLO Y PLUMA DEL ARCÁNGEL. MUNDOS OPUESTOS, FUERZAS RIVALES.
REFLEJO DE UNA MANO HERMANA EN SU PALMA HERMANA. PUREZA CORROMPIDA, VERDAD INCÓMODA.

TITAS... ¿HA FUNCIONADO?
ESO PARECE. ¡PERO TE LA HAS JUGADO MUCHÍSIMO!
NO TENÍA ALTERNATIVA. CUANDO JACK ME HA DADO EL FILTRO, ME HA EXPLICADO QUE LO CREASTE PARA MÍ.
QUERÍA HACERTE TOTALMENTE HUMANA OTORGÁNDOTE LO QUE TE FALTABA, UN ALMA.
Y ERA JUSTO LO QUE HACÍA FALTA PARA HACER UN TRATO CON LUCIFER.
TUVE QUE VENDER MI ALMA PARA SALVAR A TODO EL MUNDO. VUELVO A SER UN MERO ARTE-FACTO MÁGICO...
¿QUÉ PASA?

QUERIDA, ¿CUÁLES FUERON LOS TÉRMINOS EXAC-TOS DE VUESTRO PACTO?
QUERÍA TENER PODERES MÁGICOS COMO VO-SOTRAS.
POR ESO ME BRINDÓ LOS INGREDIENTES PARA OFRECERTE UN ALMA PURA.
¡DESEO CONCEDIDO!
¡POR FIN! ¡AHORA SÍ SOY UNA AUTÉNTICA BRUJA!

Epílogo
POM
POM
POM
¡ADELANTE!
¡QUÉ CAMBIADO ESTÁ!
¿HAS VISTO? RECONCILIARME CON MI PARTE ANGELICAL ME HA PERMITIDO RECONSIDERAR MI EXISTENCIA. Y HABÍA QUE MODERNIZAR UN POCO EL INFIERNO PARA HACERLO MÁS ATRACTIVO.
PERO NO TE HE CONVOCADO PARA HABLAR DE HARAPOS. EL PUESTO DE GRAN CANCILLER ESTÁ VACANTE Y NECESITO A ALGUIEN DE CONFIANZA.
ES UNA OFERTA MUY GENEROSA, PERO AMBOS SABEMOS LO QUE LE PASÓ AL ÚLTIMO... PREFIERO RECHAZARLA.
NO SE LE DICE QUE NO AL DIABLO... A MENOS QUE HAYA UNA OFERTA MEJOR.
PUES PARECE SER QUE HAY UNA JOVEN BRUJA QUE NECESITA FAMILIAR... UN TRABAJADOR DESPLAZADO, PERO CON UN CONTRATO INDEFINIDO, QUE PUEDA DAROS NOTICIAS SUYAS DE VEZ EN CUANDO.
¡CONCEDIDO!

¡¡¡PENSABA QUE SERÍA PAN COMIDO!!!
AAH!!!
¡¡¡AAAAAAAA